**SV**

Die Welt ist am Arsch, doch Hans und Reja lieben sich. Gemeinsam fahren sie los. Sie treffen auf ausgehöhlte Landschaften, widersprüchliche Gründungsmythen und Geschichten, die sich um den Erdball spannen. Ein Mormone sucht den Schatz des Moctezuma in der Wüste Utahs. Ein mörderischer Apotheker baut eine Rutsche durch sein Haus. Eine Filmemacherin jagt einen flüchtigen Einbrecher. Und währenddessen rauscht der Wind ungestört, wie vor 40 000 Jahren schon, durch Pando, das größte Lebewesen der Welt.
Enis Maci und Pascal Richmann erzählen von Orten, die sich in die Erinnerung einschreiben, lang bevor man sie selbst betritt. Vom Strudel der Ereignisse, der an uns allen zerrt. Immer der Frage nach: Wie kommt die Gegenwart zustande, und was können wir ihr entgegensetzen?

Enis Maci wurde für ihre Theaterstücke und Essays mehrfach ausgezeichnet. Im Suhrkamp Verlag erschienen *Eiscafé Europa* (es 2726), *WUNDER* (suhrkamp theater) und *Karl May* (zusammen mit Mazlum Nergiz, es 2806).
Pascal Richmann ist Autor der Bücher *Über Deutschland, über alles* und *Man vermisst diesen Planeten*. Mit Enis Maci schrieb er das Stück *Kamilo Beach*, das 2022 an der Volksbühne am Rosa-Luxemburg-Platz uraufgeführt wurde.

Enis Maci &
Pascal Richmann
# PANDO
Roman

Suhrkamp

Die Arbeit an diesem Buch wurde gefördert durch die
Villa Aurora und den Deutschen Literaturfonds.

Erste Auflage 2024
Originalausgabe
© Suhrkamp Verlag AG, Berlin, 2024
Alle Rechte vorbehalten. Wir behalten uns auch eine Nutzung des
Werks für Text und Data Mining im Sinne von § 44b UrhG vor.
Umschlaggestaltung: Studio Pandan, Berlin
Umschlagillustration: Anna Haifisch, Leipzig,
»Enis und Pascal als Tumbleweed«
Satz: Dörlemann Satz, Lemförde
Druck: CPI books GmbH, Leck
Printed in Germany
ISBN 978-3-518-43193-1

www.suhrkamp.de

# PANDO

*I will go down with this ship*
*And I won't put my hands up and surrender*
*There will be no white flag above my door*
*I'm in love and always will be*

# BLENDE

# 1

Kurz bevor wir uns kennenlernten, kaufte ich ein neues Telefon.

Und jetzt – erinner ich mich daran, das heißt: wieder, ich erinner mich wieder daran, weil es mir einen Rückblick zeigt, aus dem Jahr 2015.

Als wir uns das fünfte Mal trafen, fuhren wir ins Erzgebirge. Damals wusste ich noch nicht, dass die Maps-Funktion sich als unnötig erweisen würde, weil du immer den Weg nachhause findest, wie die Tauben, die Freds Vater hält.

Wir bogen ein auf die Straße nach Johanngeorgenstadt, und du erzähltest mir, wie ihr – Friedhelm war verreist – ein fußballgroßes Loch in das Gitter des Taubenschlags geschossen haben musstet, ohne es zu merken. Die geliehene, unermesslich teure Zuchttaube floh nicht. Tagelang verharrte sie, wo sie war, obwohl sie leicht hätte entkommen können. Als Fritti zurückkehrte, jagte er Fred mit einem Korkschlappen durchs Haus, treppauf, treppab, ich hab mir das immer wie im Zeichentrick vorgestellt, Fred, der auf dem obersten Treppenabsatz unter den Armen seines Vaters hindurchschlüpft, Frittis roter Kopf, die pochende Halsschlagader. Inzwischen ist Fred selbst Vater geworden, und Friedhelm alt, und ich habe heiße Tränen geweint, als ich jenes Communiqué las, mit dem er aus dem Taubensport ausschied. Es handelt von Fehlzüchtungen und Rückschlägen und von seinem geliebten Kompagnon, dessen Name hier unerwähnt bleiben soll, gerade weil er nicht vergessen ist.

Du jedenfalls, mit deinem Taubenhirn, von dem ich damals noch nichts wusste, lenktest den roten Cinquecento am Abgrund der Dörfer vorbei. Gerade erst hatte ich eine Doku über die Wismut gesehen. Sächsisches Uranerz in der ersten sowjetischen Atombombe. Ich hatte gelernt, dass es eine Farbe gibt, die Annagelb heißt, und eine andere namens Eleonorengrün.

Es sollten noch Jahre vergehen, bis ich erlebte, dass du dich verliefst. Wir waren in Gjirokastër. Ein Balken nur am Bildschirmrand, kein Empfang. Schneeregen über der steilen Stadt. Was wir für Nachtschwärze hielten, war in Wahrheit der Berg, der den Weg zur einen Seite hin begrenzte, während es zur anderen senkrecht in die Tiefe ging, aus der vereinzelt Dächer ragten. Du warst dir sicher, das Hotel finden zu können, in dem du vor langer Zeit schon einmal geschlafen hattest. Wir spürten unsere Füße nicht mehr. Mit letzter Kraft wehrte ich einen Greis ab, der uns bloß zu helfen versuchte. Du wolltest ja nicht in irgendein Hotel, sondern in DIESES EINE zurückkehren, wie um dir zu beweisen, dass du überhaupt einmal dort gewesen warst. Du schlittertest auf dem nassen Kopfsteinpflaster, fingst dich, fingst dich nicht, und stiertest in die Schlucht unter uns, als glaubtest du, dort könne, wie im Film, eine

Leuchtschrift erscheinen: MOTEL. VACANCIES. Als wir endlich in einem barock ausgestatteten Neubauzimmer saßen, risst du dir die nassen Kleider vom Leib und wähltest dich, nackt, ins WLAN ein. Wir waren so nah dran gewesen. Einmal nur hätten wir anders abbiegen müssen. Das Hotel existierte. Und dann begannst du zu weinen, und ich tröstete dich.

Von der Möglichkeit dieser Zukunft aber hatte ich im Erzgebirge nichts geahnt. Wir besichtigten die niedrigen Plattenbauten. Sie sahen aus wie Ferienheime, oder wie Pappspielzeug. Auf einem Parkplatz stand eine mit Blumen geschmückte Lore, den Bergleuten zu Ehren. Wie vor dem Eingang des Bottroper Movie Parks. Du erzähltest mir vom Freifallturm, und ich dir auch. Das seltsame Gefühl, Erinnerung zu teilen.

An die Revolverhelden auf Kabel Eins zum Beispiel. Samstagnachmittag. Tumbleweed, das über den konvexen Bildschirm kriecht, und du oder ich, als Kind, das – einen Moment unbeobachtet – so nah rangeht, bis es die pinken und blauen und gelben Punkte ausmacht, die das Bild ergeben. Bücher, die brennen, und Menschen. Holiday Inn, Sniper Alley. Die hintere Hälfte eines roten Busses, aufgerissen, wie das Modell eines Bühnenbilds. Wo müsste man ziehen, damit der Vorhang sich schlösse? Leere Stühle, wo einmal Mädchen saßen. Der Abdruck des Schwamms, wie fossiliert an der Tafel. Und wieder Samstag. Das Jahr 2018. Im Livestream singt der Attentäter: Karadžić, führe deine

Serben. Er sagt: Subscribe to PewDiePew. Zweihundert User schauen zu. Er parkt. Let's get this party started. Die Betenden fallen wie Pappaufsteller, und keiner richtet sie auf. Die einzige Kraft, die hier waltet, filmt. Point of view. Überreste von losem HD-Puder am Kiefer der Reporterin, als habe jemand versucht, Fingerabdrücke von ihrem Gesicht zu nehmen. Schüler tanzen ein haka für die Ermordeten. Der Vorsänger brüllt ein Wort, und die anderen stimmen ein. Sie schlagen sich auf die Schenkel und die Brust und die Arme und wippen, mit breit aufgestellten Beinen, vor und zurück. Und ich – erinner mich dunkel, das schon einmal gesehen zu haben. Sie reißen die Augen auf. Sie strecken die Zungen raus. Und du – bist ganz still, als wärst du nicht auf diesem Sofa hier, sondern versteckt, hinter einem Strauch oder Pfeiler, als wolltest du unter keinen Umständen stören. Sie werfen sich zu Boden und reiben ihre Wangen an der Erde, und da weiß ichs wieder. Wie hinter Nebel seh ich sie, die Alten, die die gjâma tanzen, nicht in Neuseeland, sondern in Albanien. Sie machen nach, was sie als Kinder sahen. Was fast vergessen ist, und trotzdem da. Sie reiben ihre Wangen an der Erde und schließen ihr die Augen. Sie danken ihr, dass sie die Toten aufnimmt.

Der Zusammenhang, den wir packen wollen, bevor er uns entwischt, den wir vorsichtig in der hohlen Hand halten, durch leicht gespreizte Finger betrachten wollen wie eine Libelle, dieser Zusammenhang scheint in solchen Momenten auf. Heute bestimmt er mein Leben, das unseres ist, aber damals, auf dem Weg nach Tschechien, hatte ich nur eine Ahnung.

Im spärlichen Licht, das der Cinquecento auf die Landstraße warf, betrachtete ich dieses eine Haar in deiner linken Braue, das waagerecht nach vorn absteht. Es ist drahtig und heller als die anderen. Wie eine Antenne. Was für Signale empfängst du? Auf der anderen Seite der Grenze standen Wohnwagen zwischen Fichten. Ein Wald, der ein Wahrzeichen ist, zerfressen und schön. Hier müssen einmal Bauernaufstände stattgefunden haben und später dann Fluchten. Hier kehren die Bürger Johanngeorgenstadts bei Prostituierten ein. Ich erzählte dir, dass ich einen Beruf erlernen wollte. Etwas, das auch anderswo einen Wert hätte. Eine greifbare, eine globale Tätigkeit, Arzt oder Friseur zum Beispiel.

In Karlovy Vary angekommen, tauschten wir Geld im Casino. Auf einer Münze stand: *Lass uns und die Künftigen nicht untergehen.* Mit gesenkten Stimmen besprachen wir, was wir gesehen hatten, und meinten das, was wir noch sehen würden. Brokattapete an den Wänden. Überm Bett ein Spiegel, und als ich mich dagegenstützte, sah ich meinen Hinterkopf durch die offene Badezimmertür. Du schältest mir eine Pampelmuse, eine von den grünen. Flecken auf dem gestärkten Laken. Ich sog das Fleisch aus der Haut, und ich las dir vor.

Das schwerste, sagte ich, das schwerste und größte und älteste Lebewesen der Welt ist ein Wald. Ein Wald in Utah.

Tausende von Bäumen, unterirdisch miteinander verbunden. Sie sind identisch, auch wenn sie andere sind. Und wenn einer fällt, düngt er die übrigen. Seit der letzten Eiszeit. Ich hielt dir das Bild hin. Schmale, weiße Stämme und ihre Schatten. Wie ein einziger, belaubter Barcode.

Pando, sagtest du, ich breite mich aus.

Bei unserem nächsten Treffen gestand ich dir meine große Angst vorm Untergang. Heute glaube ich manchmal, mit ihr leben gelernt zu haben.

Wir fassten damals eine Bank ins Auge, an einem Ort, wo das Land zu Inseln zerfällt und trotzdem noch eingefasst ist von Stadt. Wir haben eine Bank ins Auge gefasst, und da treffen wir uns, wenn alles den Bach runtergeht, hast du gesagt, oder vielleicht ich, es wurde ausgemacht, dass das der Treffpunkt ist, und ich zweifle nicht daran, dass du ihn auch mit verbundenen Augen finden würdest. Was mich selbst angeht, bin ich mir nicht so sicher.

2

Als Hans und Reja zu heiraten beschließen, in einer Eckkneipe, die Destille heißt, jubeln die Spieler an den Automaten ihnen zu. Und plötzlich – drei Kirschenpaare. Manni mit den Tränensäcken ist außer sich. Die Groschen prasseln nur so, und er wirft sich zu Boden und beschreibt einen Halbkreis mit seinem Körper, als wolle er sie schützen, und so ist es ja auch. Das ist der Moment, auf den er täglich wartet, obwohl er nicht an ihn glaubt. Die Umstehenden verziehen sich diskret ins Dunkel. Vom Display leuchtet ein Aztekentempel. Nur der Schädelturm fehlt. Wo werden sie unterkommen, die Geister der Besiegten, bei ihrer jährlichen Rückkehr in unsere Welt? Welches sind die Opfer, die Manni hierhergebracht haben?

Noch am selben Abend bucht Reja zwei Flüge nach Amerika.

Das Jahr 1520. Dass seine letzte Reise bereits eine Weile zurückliegt, spürt Dürer, als er in Würzburg an Bord geht. Venedig hat ihm gut gefallen, der Dogenpalast, das gotische Maßwerk und außerdem die Gondeln. Daran erinnert sich der Tourist Albrecht Dürer, beim Einsteigen, als er vor und zurück wankt, auf dem Main, aufgeregt, dass es jetzt endlich ablegt, das Schiff, stromabwärts, immer weiter, in den Rhein hinein. Er zeigt seine Zollpapiere. Er döst unter Deck. Und plötzlich ist er da, in Köln, von wo aus er zum Schatz des Moctezuma will, mit der Kutsche durch den

Wald. Doch schon kurz vor Jülich wird ihm eine Blutwurst serviert. Dass sie verdorben ist, merkt Dürer nicht, weil der Wirt sie mit Apfelmus garniert. Dass etwas fehlt, das satt macht, stört ihn nicht. Der Gourmet Albrecht Dürer hat genug Roggenbrote gegessen. Morgens Brot, mittags Brot, Brot zum Abendbrot. Nie wird er Pommes probieren, Rösti, Reibekuchen, Gratin und Krokette.

Zur selben Zeit ist es Nacht in Mexiko. Zur selben Zeit kreuzen die Konquistadoren im Golf vor Yucatán. Unter ihnen bewegen sich Aale, Sardellen und Asseln, die fünfzigmal größer sind als eine gemeine Assel im Keller der Kathedrale von Sevilla. Diese Riesenassel kann Jahre ohne Nahrung überstehen. Sinkt aber mal ein toter Wal zu ihr hinab, hört sie nicht zu fressen auf. Wochenlang nagt sie am Tran, obwohl ihre Organe schon drohen ans Exoskelett zu stoßen, schwerer werden mit jedem Bissen, bis die eigene Brut von ihrem sich ausbreitenden Innern erdrückt worden ist. Da liegt sie also, die Riesenassel, hunderte von Metern unter den Konquistadoren, als randvoller Sarg ihrer Kinder. Und in noch tieferen Tiefen? Von Erdöl gespeiste Asphaltvulkane. Wo sie ausbrechen, siedeln sich Muscheln an, an ausgehärteten Hängen, als ruhten ihre Körper im Führerhaus eines Trucks. Chemosynthese, am Rasthof, am Grund der Bucht von Campeche. Ihr Schiff ist zwar mit Bitumen abgedichtet, aber die Konquistadoren haben keine Ahnung von Öl. Sie wissen auch nicht, dass sie gerade einen Krater überqueren, auf ihrem Weg nach Veracruz, wo Gold auf sie wartet. Diesen Krater wird erst

PEMEX entdecken, einer Bohrung wegen, nach der Enteignung von Shell.

*In ihrem einstigen Palais in der Hauptstadt amtieren jetzt Petroleos Mexicanos. Damit endete ein in der Sozialgeschichte einzigartiger Kampf; auf der einen Seite stand ein Land, auf der anderen Royal Dutch Shell, Standard Oil und California Sinclair – die allmächtige Dreifaltigkeit des Petroleum-Weltmonopols.*

Bevor die Verhältnisse also in Bewegung geraten, bevor der sogenannte Westen zum Boykott aufruft gegen das *bolschewistische Mexiko*, lange bevor sich der erste Ölteppich auf den Golf legt, bewegt es sich in ihm, und unter den Konquistadoren –

*The carpet, too, is moving under you*

Das Jahr 2019. Blass geht der Mond auf Hans' Schläfe unter. Reja öffnet die Tür und schleicht durchs Wohnzimmer. Auf dem Sofa liegen Alice und Jean, ineinander verschlungen, mit abgewandten Gesichtern, wie ein einziger schöner Götze.

Es ist Dezember und angenehm mild in Oakland, California. Von den Wänden der Gebäude lächeln Angela und Malcolm auf Reja herab, oder vielleicht doch eher auf die anderen Passanten, derer es wenige gibt. Auch wenn sie nicht gemeint ist, fühlt sie sich, wie immer, angesprochen.

Im Diner wird sie an den letzten freien Platz am Tresen geführt. Neben ihr sitzt ein magerer Mann in Bergsteigerkleidung. An seiner Hand leuchtet ein Ring, der Schlafqualität und Blutdruck misst. Das Silicon Valley liegt fünfzig Meilen entfernt, so weit wie die Quelle der Emscher, an deren Ufer Reja aufgewachsen ist, von ihrer Mündung. In Wahrheit aber frisst sich das Valley in die Gegend hinein, und seine Wirkung ist noch weit im Hinterland zu spüren. Während Reja die laminierte Speisekarte studiert, schlägt ein Mitarbeiter der Firma Facebook Alarm: Die Mieten in der Region sind so hoch, dass die Büros im Schmutz versinken. Niemand ist bereit, stundenlang zu pendeln, um die Kaugummis von den Schreibtischen jener Autoren zu kratzen, die mitschreiben an der Welt, die sie formen oder verformen, wer weiß das schon so genau.

Als sein Frühstück serviert wird, beginnt der Techie laut das Vaterunser zu beten. Reja hat Todesangst. Sie sieht ihn schon entsichern, laden, zielen. Sie hört ihn schon ein Naschid auf Chick-fil-A intonieren.

Die Kellnerin füllt ihr den restlichen Kaffee in einen Styroporbecher um. Deckel dazu? Der Techie kaut. Die anderen Gäste beachten ihn nicht. Ein Mädchen nimmt eine Sprachnachricht von epischer Länge auf. Es wendet sich, wenn es am Strohhalm saugt, vom Telefon ab, ohne die Aufnahme zu unterbrechen, und spricht, nach dem Schlucken, weiter.

Im Garten stehen Rejas Freunde mit verquollenen Augen auf dem Rollrasen und rauchen, während der Hund von Jeans Onkel, ein durch Generationen profitabler Inzucht entstellter Pitbull Terrier, an seinem Gummihuhn nagt. Diesiges Licht. Alice setzt ihre Sonnenbrille auf. Jean ist frisch rasiert. Auf seinem Hemd ein kleiner Ketchupfleck.

Das Jahr 2014. Jean und Hans sind Praktikanten einer Zeitung, die in die Karpaten verschickt wird, in Dörfer, in denen niemand mehr lebt, der sie liest. Die Redaktion sitzt in einem entlegenen Flügel des Bukarester Pressehauses. Gemeinsam irren die beiden durch die Korridore. Jean merkt, wie beunruhigt Hans ist. Hans liebt, wie leise Jean bei der Arbeit spricht und dass er abends, wenn sie auf den Dielen liegen, ganz anders ist. Im Erdgeschoss lassen sie sich die Haare schneiden und tragen fortan dieselbe Frisur. Wie viele der Festangestellten schreiben sie heimlich Gedichte. Ihre Chefin fürchtet den baldigen Einmarsch der Russen. Jean und Hans verstehen gar nichts.

Und als sie zurückkehren nach Bukarest, gemeinsam – Jeans Haare sind inzwischen schulterlang und die beiden Freunde –, da haben sie keine Aufgabe mehr in der Stadt. Jean erzählt vom Mittelrhein, seiner Heimat, von den Reisegruppen, die er vom Balkon aus beobachtet hat. Hans kennt Touristen nur als Tourist. Im Park kaufen sie einen Strauß Maiglöckchen. Sie spazieren an den Büsten berühmter Europäer vorbei und am Hard Rock Café. Sie queren die Ausfallstraße und verlaufen sich wieder im riesigen Gebäude. Endlich finden sie die Redaktion. Sie ist verlassen. Wo einmal Aktenschränke standen, heben sich jetzt helle Rechtecke von den vergilbten Wänden ab. Am Sekretariat klebt derselbe Sticker wie immer: *Wir rauchen nicht.* Hans knibbelt ihn ab. Jean legt die Blumen auf die Fensterbank. Kurz ist es, als wären sie einander nie begegnet.

Und weil wir die Nordkalifornische Meisterschaft gewonnen haben, schließt Jeans Onkel, haben wir diesen Ring bekommen. Ist jetzt auch schon fünfzig Jahre her. Noch hat die Austern-Happy-Hour nicht begonnen, doch er weiß, was zu tun ist. Er spricht die Kellnerin an, als würden sie sich ewig kennen, mit ihrem auf die Uniform gestickten Namen. Heute ist ein freudiger Tag, sagt er, mein Neffe ist aus Deutschland angereist, und da kommt Cindy ihm selbstverständlich gern entgegen, und sie lachen schallend. Jeans Onkel sieht genauso aus, wie Reja sich einen Highschool-Basketballcoach immer vorgestellt hat. Sie fragt ihn nach der Arbeit. Und er erzählt. Wer es geschafft hat und wer nicht. Wer es fast geschafft hätte, bloß um dann doch in den Strudel aus Scheiße gerissen zu werden, der Jungs in Oakland, California, bedroht, solange er denken kann.

Glenn zum Beispiel. Als Kinder spielten sie zusammen Basketball, erfolgreich aber wurde er als Baseballer. Er schaffte es bis in die Major League. Es gab nur ein Problem: Glenn war schwul und nicht besonders interessiert daran, das geheim zu halten. Der Coach bot ihm an, seine

Flitterwochen zu bezahlen. Glenn lachte sich kaputt. Er war gut. Er spielte. Manchen aus dem Team war die Sache egal. Andere stichelten. Mieden die Dusche, wenn er drin war. Sowas. 1982 outete ihn ein Zeitungsartikel. Und so endete Glenns Karriere.

Wisst ihr, sagt Jeans Onkel und schüttet Reja scharfen Essig auf ihre elfte Auster, plötzlich ging es ganz schnell. Er brach sich das Bein. Er fing mit dem Koks an. Auf einmal lebte er auf der Straße. Die ganze Scheiße halt. Als er zu seiner Schwester zog, dachten wir, jetzt gehts bergauf. Aber Glenn wurde krank, und sie ließen ihn sterben, und Tausende andere starben mit ihm.

Draußen rangiert ein fahrerloser Pick-up. Windböen rütteln an den Schirmen auf der verwaisten Terrasse. Im Fenster hängen Schädel aus Zucker.

Jean legt sein Telefon auf den Tisch. Die Freunde beugen sich übers Display. Glenn, mit erhobenem Schläger und entschlossenem Blick. Sparta. Die Ertüchtigung des Leibes. Die jährliche Jagd auf die Tapfersten unter den Sklaven. Hunger Games in Rechnitz. Rosa, das sich in Gischt verliert. Jungen, die zu Männern werden. *Sie hätten dies aus Furcht vor der gärenden Masse getan, denn schon immer war ja in Sparta der Sinn fast aller Maßnahmen die Sicherheit vor den Unfreien.*

Hat Glenn nicht auch das High Five erfunden? Alice trinkt einen Schluck Tequila.

Ja, sagt Jeans Onkel, aus Verlegenheit. Hans stellt sich vor, wie er mit acht Jahren ausgesehen hat. Die gelbe Latzhose, die Zahnlücke. Wie sie Körbe geworfen haben, auf dem Sportplatz. Eine Vorortstraße. Die Melodie des Schrotthändlers. Seine Bremslichter, ihr Zwinkern. Zum Abschied klatschen die Jungs sich ab. Den anderen jemand anderes werden sehen und es gut finden. Sich kennen. Jeans Onkel hebt die Hand. Der Ring, der ihn über den Tod hinaus mit Glenn verbindet, funkelt an seinem Finger, und Reja versteht, dass sie einschlagen soll, und sie tut es.

Warte mal, sagt Alice, als er anfängt, seine Kreditkarte zu suchen, bevor ichs vergesse, das Video vom Spiel, und sie zieht einen Stick aus ihrer Tasche.

Das Jahr 2016. Alice und Reja sitzen in einem fensterlosen Fischlokal und sprechen über die Firma George, Gina & Lucy. Als Mädchen träumten sie beide vergeblich von so einer Tasche, zu teuer, befanden ihre unterschiedlichen Mütter in unterschiedlichen Städten. Und jetzt, während die S-Bahn den ganzen Raum wackeln lässt, erzählt Alice, dass sie längst eine entsprechende Ebay-Suche gespeichert hat. Die George-Gina-&-Lucy-Tasche, sagt sie, wird zurückkehren. Und ich werde sie einer abkaufen, die sie sich schon damals leisten konnte. Das ist mein Exorzismus. Reja ist sich da nicht so sicher. Diese Schnallen. Diese Karabinerhaken. Vergeblich Halt suchen im Gelenk, das die zwei Hälften des 82ers miteinander verbindet. Nächste Haltestelle Walpurgisstraße. Bettina-Barty-Vanilledeo. Caro aus der Zehnten und ihre spermienförmigen Augenbrauen. Reja blinzelt benommen. Diese Tasche hat keine zweite Chance verdient. Ihre nutzlosen Riemen, sie sind böse.

*Der physiker zeigt heute auf farben im sonnenspektrum, die bereits einen namen haben, deren erkenntnis aber dem kommenden menschen vorbehalten ist.*

Alice, wie sie das Spiel filmt. Jeans Onkel stellt sie den Schülern als europäische Regisseurin vor. Dabei hat sie sich so viel Mühe gegeben mit ihrem amerikanischen Outfit. Sie steigt auf den obersten Rang der Zuschauertribüne. Die Enttäuschung in den Augen der Jungs, als sie ihren alten Camcorder auspackt. Und dann geht es los. Sternschritt. Korbleger. Der Geruch heller Hallenschuhsohlen. Gummi. Alice zoomt raus, und sie sieht es schon vor sich, wie die Jungs dasitzen werden, später, mit ihren deformierten Teenagerkörpern, und Doritos essen, und Jeans Onkel wird mit seinem Laserpointer auf die Leinwand zeigen, und ihr Leben wird davon abhängen, und Alice – wird da schon über die Bay Bridge gefahren sein, in ihrem goldenen Honda Accord, immer weiter, auf die 101, und als Kanye singt: *My life is his, I'm no longer my own*, da stimmen die Freunde lauthals ein. Bei den Stanford Hills biegt Alice auf den Junipero Serra Boulevard. Serra, ein mallorquinischer Franziskaner, hat in ganz Kalifornien Missionen errichtet, die einer einzigen untergeordnet waren: unterordnen und vernichten, was sich nicht unterordnen lässt.

So hat es begonnen, denkt Hans, das sechste Massenaussterben. Das fünfte kam aus dem All. Dieser eine Asteroid. Fiel er nicht in so schiefem Winkel ins Meer, dass zuerst das Wasser verdampfte und dann, an Land, die Dinos? Schlug er nicht so heftig auf der Erde auf, dass ihre Kruste schmolz? Ist sie nicht besonders kalkhaltig in Mexiko? Heißt er denn nicht lime, dieser Stein? Klingt das nicht lecker, spritzig, irgendwie erfrischend?

*The Yucatán was covered with a thick layer of limestone: nature's way of storing carbon dioxide gas as a solid, by combining it with calcium. Shocked limestone suddenly releases its stored $CO_2$, and in an impact as large as this, enormous quantities of this gas were almost instantaneously released like popping the cork on a colossal bottle of champagne.*

Dieser eine Asteroid also, dessen Krater die Konquistadoren überquert haben, kurz vor Veracruz, wo sie anstoßen wollen, Plus Ultra, auf ihren Kaiser Karl.

Zur selben Zeit ist es Tag am Niederrhein. Zur selben Zeit reißt Dürer sich dort die venezianische Mode vom Po. Grad noch so hat er den Kutscher zum Halten bewegt, in allerhöchster Not. Über ihm raschelt das Eichenlaub. Spinnennetze funkeln, alles ist friedlich, im Gebüsch, als Albrecht Dürer sich erbricht.

Wie sie glimmern, die Zentralen. Google. Apple. Grindr. Körpernahe Dienstleistungen. *Why are you hitting yourself?*

Neuralink-Fehlfunktion, Kurzschluss im Gehirn. Einmal angeklickt, wirst du geheilt, oder ausgeschaltet. Das Jahr 2050. Gar keine Verschwörung nötig, das erledigen die Feinheiten des Vertragsrechts, also eigentlich, eigentlich hast du dich selbst erledigt, du Geisel, du Kunde, du – bist Teil eines gigantischen Bioprozessors. So viele User, EIN Computer. Du, der zu schürfende Rohstoff, du, die erneuerbare Energiequelle, du – hoffst, der Antrag, deine Amygdala auszuschalten, wird genehmigt, weil: Du hast Angst. Und irgendwann – Wettlauf der Systeme. Ein Superquantencomputer gegen zehntausend internierte Waisenkinder. Sie können vielleicht noch nicht rechnen, doch Rechenleistung, die haben sie. Wer wirds als Erster schaffen? Wer wird es knacken, das Unknackbare, wer wirds zerspringen lassen, wie Eis vom Gletscher springt?

In Brüssel fühlt Dürer sich angegriffen vom grellen Glanz. Er spreizt die Finger zur Schneebrille und kneift das rechte Auge zu. Wie geht denn SOWAS, fragt sich der Schmied Albrecht Dürer, als er einen silbernen Fisch mit goldenen Schuppen sieht. Es ist der letzte seiner Art. Die anderen sind zu Barren geworden.
    Zur selben Zeit ist es Nacht in Mexiko. Zur selben Zeit schmilzt dort nie wieder Gesehenes.

Die Freunde besichtigen das Geburtshaus des Internets. Ihre Schritte quietschen auf dem frischgeputzten Flur. Sie drücken –1. Gerahmte Gruppenfotos. Ein Mann in bauchfreiem Tanktop. Über ihm ein Fragezeichen, niemand scheint zu wissen, wer er war. Die Bibliothek von Alexandria, irgendwo brennt sie immer. Reja tippt mit der Turnschuhspitze auf die Fliesen. Hier wurde die allererste Chatnachricht empfangen, oder ein Teil von ihr. Nicht LOGIN, sondern LO, wie in *lo and behold*.

*Siehe, ich bin bei euch alle Tage bis an der Welt Ende.*

Das Jahr 2001. Microsoft Encarta. Reja fährt über den verspiegelten Kunststoff. Das Relief ihres Fingerabdrucks auf der trügerischen Glätte des Datenträgers. Höhen und Tiefen. Leere Umzugskartons stapeln sich im Wohnzimmer. Es ist das letzte Mal, dass sie diese CD einlegt. Am nächsten Tag kommt ihr Vater früher von der Arbeit. Er ist außer sich vor Freude. Wikipedia. Ein andächtiger Doppelklick. Nicht so hektisch, sagt er, der nichts mehr fürchtet als das Auftauchen der Sanduhr. Open Source. Ob sie weiß, was das bedeutet: eine Idee, die nicht zum Verkauf steht? Darauf hat Rejas Vater sein Leben lang gewartet. Auf dieses Dings, das sie greifbar macht, die Verbindung, die er spürt zur Welt, wobei, nein, greifbar war sie immer schon, jetzt aber ist sie lesbar. Er hat darauf gewartet in den endlosen Nachtschichten beim Sicherheitsdienst, in den Firmenfoyers und Sparkassenzweigstellen, seinen Namen auf dem dafür vorgesehenen Schild stets deutlich – ja was? Lesbar etwa? Nein. Er hat darauf gewartet vorm Kreißsaal, Rejas Mutter auf der anderen Seite, und keiner, der ihm verraten hätte, dass es erlaubt gewesen wäre mitzukommen. Was hat er alles verpasst, wartend, in der Petroleumschlange, wo er manchmal einen Stein an seiner statt platzierte, als habe er noch etwas anderes, Dringenderes zu tun, dabei ging er ja doch nur eine Runde um den Block, betrachtete die leeren Schaufenster und die vollen Bars, in denen Mädchen Pfirsichnektar aus kleinen, gläsernen Flaschen tranken und Frauen Kaffee, er hatte das Gefühl, die Zeit sei dicker geworden, zuckrig, ungenießbar fast, es klebte an seinen Fingern, sein Leben. Zurück in der Schlange schoss er den Stein zur Seite. Als er endlich an die Reihe kam, war er Tausende von Jahren gealtert. So lang hat er gewartet, und jetzt ist der Moment gekommen, und er zeigt seiner Tochter die Eingabemaske, und sie fragt, was sie schreiben soll, und sie überlegen.

Das Wimmelbild der Kreuzung. Von so weit oben sieht selbst Gelsenkirchen aus wie Liberty City. Autodächer, Regenschirme. Die gestrichelte Linie, die zwei Spuren trennt. Schattenlose Objekte. Die menschliche Zivilisation schreitet voran. Die Invasion Afghanistans wird beschlossen. Die Engine verwandelt sich. *GTA 3* erscheint. Die Schatten kehren zurück in die Welt, auf die du nun nicht mehr schaust, weil: Du befindest dich in ihr. Und ihre Grenzen scheinen sich immer weiter zu entfernen, je näher du ihnen kommst.

Neue Wohnung. Das Jahr 2005. Vor dem Amt drei Trinker am Sandkasten. Der schwere Duft der Lindenblüten. Reja schließt ein Fenster. Sie geht ins Selbstversorgerforum.

Jemand postet Fotos seines Balkons. Seines Hochbeets. Seiner Tomaten. Permakultur. Ein anderer rechnet vor, wie viel Flachs man für den Kleiderbedarf einer fünfköpfigen Familie anbauen muss. Er spricht von Schulpflicht und von Impfpflicht und vom Staat, der ihr, mittlerweile ist sie zwölf Jahre alt, auch irgendwie bedrohlich vorkommt, allerdings nicht so sehr, dass sie gleich auf ein Waldstück in den Karpaten ziehen wollte.

Draußen auf dem Campus ruhen die Pflastersteine unverrückbar im Erdreich. Zukünftige Millionäre kriechen erschöpft aus den Bibliotheken.

Wer ist eigentlich Cato?

Ein römischer Senator, sagt Jean, der als Einziger von ihnen über humanistische Bildung verfügt. Er wollte die Republik vor Caesar schützen. Weil er gegen Dekadenz war, und gegen Korruption. Dabei war der Untergang Roms längst besiegelt, die Wälder gerodet, das Flachland versumpft. Cato verteidigte Ideale, an deren Umsetzung niemand mehr glaubte. Er selbst wahrscheinlich auch nicht.

Und Cato-Institut? Reja zeigt auf das Gebäude vor ihnen.

Das Institut, so stellt sich heraus, ist ein Thinktank. Es hat nichts mit Cato zu tun. Freiheit ist sein Thema. Nicht der Einzelnen, sondern der Märkte, die seltsame, unter Wasser lebende Tiere sind. Wer ihr Verhalten zu deuten weiß, kennt die Zukunft. Um dieses ihr Verhalten hat sich ein Kult gebildet, dessen Priester von Ungeduld zerfressen sind. Sie starren ins Nass und warten auf Zeichen. Sie werfen Steinchen hinein oder Brotkrumen. Es zittert. Die Märkte schlagen mit der Schwanzflosse, und ganze Dörfer gehen nieder in der Flut. Sie scheißen einen tintenschwarzen Fladen ins Meer, und Tausende Destruenten versammeln sich darum. Der Leviathan ist nämlich gar kein Staat.

Wow, sagt Alice, ich brauch ein Cold Brew.

3

In Monterey legen sich die Geheimnisse der oberen Zehntausend als feiner Nebel auf Hans' Brillengläser. Die Freunde essen Garnelencocktails am Pier. Die Sauce hat die gleiche Farbe wie das Fleisch. Ein monochromes, ein beruhigendes Gericht. Unten schreien Seehunde. Ein alter Bulle liegt im Mondlicht. Hans erkennt ihn wieder. Das Jahr ist 1995 und er sitzt hier, neben seiner Mutter, und lässt kleine Fische zu ihm, dem Heuler, hinabfallen. Hans nimmt sich vor, ihn sein Leben lang zu begleiten. Er wird seine Flosse greifen und gemeinsam werden sie losschwimmen, ins Offene, weit hinaus, dorthin, wo der Westen endet. Hans' Angewohnheit, sich nicht an das zu erinnern, was an einem Ort geschah, sondern an das, woran er gedacht hat, als er dort war. Alle Ideen, die er jemals hatte, sind auf der Landkarte verzeichnet. Immer träumt er davon, zurückzukehren. Auch wenn der Ort dann ein anderer ist. Diesmal aber hat sich nichts verändert, schon 95 war

Monterey konserviert wie einmal die Sardinen in seinen Fabriken.

*Cannery Row is a poem, a stink, a grating noise, a quality of light, a tone, a habit, a nostalgia, a dream.*

Hans schaut sich im Waschraum um. Sogar die Bilder Thomas Kinkades hängen noch über den Pissoirs. Saftige Landschaften, rotwangige Menschen. Eine unzerstörte Welt, wie von künstlichen Neuronen berechnet. Dass der Maler so heißt, weiß er von Dick, der selbst Maler ist.

Das Jahr 2014. Hans in Freds Atelier. Die ehemalige Tischlerei ist in Morgensonne getaucht, als sein ältester Freund sie einander vorstellt. Dick kommt aus einem Dorf namens Deerfield. Sein Haar ist hinten länger als vorn. Er trägt ein Batikshirt über der massiven Brust. Dicks Bilder, wie sie an der Wand lehnen. Eine Düne in New Mexico. Da sind sie, im weißen Sand, die Fußabdrücke, die beweisen, dass da schon vorher jemand war, in Amerika, obwohl Dick sie gar nicht reingemalt hat, und dahinter: das weit aufgerissene, pupillenlose Auge des Trinity-Tests. *Zerschlage mein Herz, dreifaltiger Gott.* Radioaktives Glas knirscht unter Hans' Sohlen.

Welches soll ich zu meiner Schwester mitnehmen?, fragt Dick.

Was hat sie denn sonst so hängen? Hans betrachtet die anderen Leinwände, in denen jeweils ein Tier ausgesetzt ist. Ein Rennkuckuck guckt ihn an.

Thomas Kinkade, sagt Dick und grinst, jede Menge Kinkades.

Dafür, dass Kinkade sich den Namen Painter of Light hat schützen lassen, ist er berühmt und verhasst. *Homecoming Hero.* Der Bus, der eben einen Soldaten abgesetzt hat, fährt die idyllische Straße entlang, und alles ist noch da: sein Pick-up und seine Frau, seine Tochter und sein Schäferhund – alles seins. Bei Goyas Massenhinrichtung trifft das Licht bloß den einen Todgeweihten. Bei Kinkade aber ist es auf alles gerichtet. Sieht Hans hinein, will er sich auf der Stelle umbringen.

Reja hängt den Kopf aus dem Fenster. Auf dem Hollywood Boulevard ist Stau. Eine Frau hockt sich hin, ihre Leopardenleggings um die Knöchel, und scheißt auf die Fahrbahn. Alice macht einen Bogen um sie herum. In einem Liquor Store kaufen sie Wasser. Ein Mädchen und ihr greiser Freier essen Softeis. Seine Hand unter ihrem Rock, ihr Lächeln. Und über ihnen, schwankend: die Palmen LAs, die hohen, dünnen, mit dem Pinselbüschel dran, das diesen Himmel überhaupt erst malt. *It never rains in Southern California.* Die verschwenderischen Palmen LAs, die das Wasser aus dem Boden ziehen, deren süße Früchte, noch ehe sie zu Boden fallen, von Vögeln verzehrt werden. Sie sind angepflanzt worden, kurz bevor die ersten Werbeprospekte für das kalifornische Leben gedruckt wurden, und weil diese Palmen nicht älter als hundert werden, werden sie in naher, in allernächster Zukunft gleichzeitig, auf einen Schlag verkümmern. Natürlich wird man neue pflanzen. Aber was, wenn nicht? Was, wenn LA fällig ist? Wenn es verschwindet, wie Tenochtitlán einmal verschwand und wie Venedig verschwinden wird?

Auf den Dächern von Hogwarts liegt Schnee. Noch hängt die Weihnachtsdeko. Hans blinzelt in die Sonne. Er erkennt nichts wieder in den Universal Studios. Der Pranger, an dem seine Schwester und er einmal posiert haben, ist verschwunden, und dort, wo Cowboys von Kulissen fielen, läuft jetzt die *Waterworld*-Show. Im Jahr 1995 sind die Pole geschmolzen. Kevin Costner wachsen Schwimmhäute zwischen den Fingern. Er hält seine Hand in der Hand. Die anderen dürfen sie nicht sehen. Er macht einen Köpper. Es gibt kein Land mehr, nur Öl und Verrat. Der Tanker der Bösen heißt Exxon Valdez. Im Jahr 2019 filmt Alice die Stuntleute. Impulse springen über, vom Aluminium, auf sie, durch ihre Haut, in ihren Kreislauf. Es lagert sich ab in ihr. Was ist der Kalk, der sie zusammenhält?

Sie reihen sich ein für die Studiotour, die im Backlot endet. Dort, wo gedreht wird. Hans fotografiert Jean, wie er die Uhr aus *Zurück in die Zukunft* fotografiert. Das ist der Courthouse Square. Hier geht Buffy zur Schule. Hier vermehren sich die Gremlins durch Mitose. Hier ist der letzte Mensch auf Erden allein. Hans hat Fragen, klar, bald wird er acht. Seine Schwester kneift das linke Auge zu. Der Angler George angelt. Weiß sie schon, was jetzt passiert? Will sie ihn nur im Sucher sehen, den Hai? Mit beiden

Händen greift Hans das Telefon. Den Schreck ins Display bannen. Ohne zu filmen, stellt er die Blutfontäne scharf, doch Jeans Schrei klingt trotzdem wie auf Video.

In Silver Lake trinken die Freunde grüne Säfte hinter bodentiefen Fenstern. Nur Hans raucht draußen, fünfzig Fuß entfernt, so will es das Gesetz. Ein Lastwagen fährt vorbei. Jeans Gesicht vibriert, wie damals, als die Zeitungspacken aus den Regalen fielen. Das große Beben von Bukarest hat Platz geschaffen für Ceaușescus großen Palast. Das große Beben von LA steht noch bevor. Hans schnipst die Kippe in den Rinnstein und läuft mit voller Wucht gegen die gläserne Tür des Cafés. Knall, Rückstoß. Er taumelt, fasst sich an den Kopf. Die Kellnerin sagt etwas, das er nicht versteht. Seine Fingerspitzen sind rot. In den Studios stand alles offen. Verschwommen sieht Hans seine ausgestreckte Hand. Reja hält ihm Eis an die Stirn.

Der Truck auf Alice' Telefon, der in Wahrheit Alice' Telefon ist, rollt an, an der Ampel, Beverly Ecke Windsor, und für einen Moment denkt Hans, Risse zögen sich durchs Display, aber dann sind sie doch im Brillenglas. Die Vorgärten werden größer, die Hecken dichter, und die Villen dahinter könnten in England stehen oder in Neuengland, Backstein und Giebel und Fachwerk.

Bei CVS irren sie verloren durch die Gänge. Hans steht, das blutige Taschentuch noch immer an die Stirn gepresst, vor den Pflastern. Jean legt eine Packung Gummiwürmer in den Korb. Er liebt diese Lebensmittel, die aus Amerikanern Autisten machen. Wenn auch ein bisschen hypochondrisch, ist er von seiner Unverwüstlichkeit überzeugt. Red 3, Kaliumbromat, Glyphosat: Die Bemühungen seiner Mutter, die ihn, solange sie konnte, mit Demeter-Produkten ernährt hat, sind vergeblich gewesen.

Vor dem Motel stecken die Fentanylkranken ihren Radius mit Einkaufswagen ab. Ein bärtiger Mann sitzt vor einem offenen Koffer. Stapelweise alte Bücher. Wie in Tirana, denkt Reja. Wie in Marrakesch, denkt Jean. Wie in Słubice, denkt Alice. Der Händler blättert in einem schmalen, blauen Band. Ein Paar zieht eine meterlange Decke hinter sich her. Hans schaut ihnen nach. Die Sonne in den Fassaden Koreatowns.

Über zwei Doppelbetten zwei identische Bilder der Twin Towers, und in geschwungener Handschrift die Worte: *New York City*. Und während Reja duscht, und Chlorgeruch das Zimmer füllt, und Alice die Folie vom Whiskey reißt, und Jean und Hans von einer mit europäischen Geldern subventionierten Kochsendung hypnotisiert werden, erwacht der Apotheker Peter Stadtmann aus unruhigem Schlaf. Er blättert im Wochenspeiseplan der JVA. Später wird es falschen Hasen geben, und Möreneintopf dazu.

Das Jahr 1977. Peter Stadtmann ist zehn Jahre alt. Nicht weit von seinem Elternhaus eröffnet der Traumlandpark. Ein weitläufiges Gelände, Wald und Flur zuerst, unbegrenzt, und irgendwann, da gehörte es wem, und dann jemand anderem. So ganz versteht Peter das noch nicht, doch es gefällt ihm. Seine Mutter nimmt ihn an die Hand. Der lange Hals des Brachiosaurus, gekrümmt wie eine Rutsche. Und dahinter, in weiter Ferne, die Fördertürme Bottrops. Zwischen Ticket- und Hexenhäuschen pulsiert es, das größte begehbare Herz der Welt. Peter geht rein, und verliert sein eigenes darin. Es ist Samstag.

Das Jahr 1995. Das Ruhrgebiet verändert sich. Die Zechen schließen, der Traumlandpark auch. Baum fällt!, schallt es von der Baustelle. Eine Animateurin schwitzt in ihrem Bugs-Bunny-Kostüm. Einstellungstest. Nächstes Jahr wird der Park neu eröffnet. Sie wird Kindern winken, und sie werden die Flucht vor ihr ergreifen. Und Stadtmanns Vater wird seinen frischdiplomierten Sohn in der Apotheke vorstellen. Dabei kennt man ihn hier schon, seit er SO klein war.

Das Jahr 2005. Der Movie Park verliert seine Warner-Brothers-Lizenz. Trotzdem erfreut sich der Freifallturm anhaltender Beliebtheit. Stadtmann träumt von einer Rutsche, die einmal durch sein Haus führt. Er hat viele Träume. Er trägt seinen Vater zu Grabe. Er wird Chef. Und seine Mutter – bleibt graue Eminenz. Und eines Morgens, als er das Chemotherapeutikum ins Fläschchen spritzen will, da zögert er – und tut es nicht. Der Patient kriegt Kochsalzlösung. Und Stadtmann hat 5000 Euro mehr. Er sonnt sich auf der Dachterrasse. Schießt in die Luft beim Spendenlauf. Neunzig Angestellte. Der Movie Park hat hundert.

Nachts hält er seinen Tan-Generator gegen den Bildschirm. Schwarze Kästchen flimmern wie ein Hütchenspiel. Und jedes Mal, wenn der Kontostand erscheint, hat Peter Stadtmann das Gefühl, zum ersten Mal überhaupt zu atmen. Er übergibt dem Bottroper Hospiz einen riesigen Scheck und lächelt in die Kamera.

Das Jahr 2016. Wie wird der Chef bloß so schnell fertig mit den Infusionen? Wieso ist das Labor so schmutzig? Als eine Patientin zu schwach für die Behandlung ist, bleibt eine Spritze übrig. Die PTA hält sie gegens Licht. Wo eine Einstichstelle sein müsste, ist – nichts. Bei seiner Verhaftung hat Stadtmann sein Geld längst der Mutter überschrieben. Tagelang diktiert sie Mahnungen, adressiert an die, deren Leben ihr Sohn zerstört hat.

Aber das reicht nicht, sagt Alice. Ihre Beine im Wasser des Pools sind blass, tentakulär. Die böse Mutter reicht nicht. Was ist mit IHM? Mit ihm, der morgens aufsteht, Kaffee trinkt, sich die Zähne putzt, obwohl er das ganz genau weiß, dass man nach dem Kaffee warten soll mit dem Zähneputzen, aber er hat so einen Horror davor, nach Schlaf und Filterkaffee zu riechen, also putzt er sie trotzdem, und ganz, ganz langsam bröckelt sein Zahnschmelz, noch spürt er es nicht, aber er weiß es, so wie er irgendwie weiß, dass sie ihn irgendwann erwischen müssen, aber er macht es trotzdem, weil es ihn kribbelt, diese Macht, das Wissen, dass er nicht nur Tod von Leben scheiden kann, sondern einen Trick gefunden hat, einen Lifehack. Wie werde ich in einem Jahr zum Millionär, die Geheimnisse des Online-Marketing, sowas, aber IN ECHT.

Orange spiegelt sich die Nacht auf den Oberflächen. Und aus dem Dunes Inn wird das Bates Motel, wie vorhin, im Park, im Backlot. Hier wurde *Psycho* gedreht. Hier tunken immerneue Kolonnen grundlos hoffnungsvoller Praktikantinnen vergilbte Zahnbürsten in Ocker und tragen Patina auf die Kulisse auf. Hier mumifiziert Norman Bates seine Mutter und tanzt Walzer mit ihr. Etwas am Leben halten, das gar nicht leben will. Etwas am Leben halten, das dir den Atem raubt, das dich verschlingen will, weil du dir das gar nicht denken kannst: DICH, unverschlungen. Hier tötet Bates Mary Crane unter der Dusche, vom mütterlichen Geist befallen, wobei der seine eigene Erfindung ist. Hat Bates sie nicht selbst aus Eifersucht vergiftet?

Ich hab einfach das Gefühl, dass ich ihn kenne, sagt Reja. Dass ich Stadtmann hundertmal gesehen hab. Er lächelt mich an von der Kanzel, er steht vorn an der Tafel, er igelt sich auf Talkshowsesseln ein. Er grinst mich an von einem dieser Stockfotos, wie eine vor Freude wahnsinnige Frau, die sich eine Gabel Salat ins Maul stopft, wie Meghan Markle auf High Heels, einen silbernen Aktenkoffer in der manikürten Hand, und darin – noch mehr Bilder, Bilder, die meine Vorstellungskraft zersetzen, die ersetzen, was da vorher war, die sich vervielfältigen wie jedes Virus – durch mich, in mir –, bis ich nur noch eine fleischerne Hülle bin, randvoll, nicht mit Eisbergsalat, sondern mit Trauer.

Genau, sagt Alice. Stockfotos. Getty Images. Das

Archiv als Mine, und die gute zum bösen Spiel. Gebühren zahlen für ein Bild, das du selbst gemacht hast. Die Urheberin hat kein Recht, den Verkauf ihrer Werke zu stoppen. Auch nicht der gemeinfreien. Also lächeln, lächeln und den nächsten Happen staubtrockenen Salat zum Mund führen und hoffen, dass mit deinem Konterfei nichts allzu Schreckliches verkauft wird.

Leise rauscht der Verkehr. Scheinwerfer ziehen den Wilshire Boulevard entlang, eine stockende Prozession von Lichtern, stadtaus- und stadteinwärts. Hier stand einmal Phantom House, eine heruntergekommene Villa, die JP Getty des Grundstücks wegen gekauft hatte. Getty, der vor dem Ersten Weltkrieg nach Oklahoma geflohen war, auf die Ölfelder seines Vaters, und der nach Ende des Zweiten auf Arabisch verhandelte, mit Ibn Saud, dem Gründer Saudi-Arabiens. Getty, der reichste Mann der Welt, der ein Wort Jesu abwandelte: *The meek shall inherit the earth, but not its mineral rights.* Als er sich von seiner letzten Frau trennte, überließ er ihr das Haus. Sie bewohnte es allein mit dem gemeinsamen Sohn.

Das Jahr 1950. Teddy Getty, wie sie sich zu Tode langweilt in der zugigen Ruine. Wie sie Billy Wilder einlädt, zum Kaffee. Wie der sich umschaut. Was sieht er? Das Set für seinen nächsten Film. Aufregung kommt in Teddys Leben. Billy nimmt ihren Sohn mit ins Studio. Ungläubig steht Timmy in der Wohnung, die er selbst bewohnt. Es ist dieselbe, nur dass es eine andere ist. Die Assistentin präpariert zwanzig Taschentücher mit grünen Lippenstiftabdrücken. Sie malt Timmy einen Punkt auf die Nasenspitze. Er kichert.

Und später dann, als Timmy krank wird und nicht mehr rausdarf, baut er hölzerne Modelle auf dem Wohnzimmertisch. Ein Kiosk, an dem er niemals eine Schachtel Zigaretten kaufen wird. Eine Haltestelle, an der er niemals seiner Liebe begegnen wird. Eine öffentliche Toilette und ihre unaussprechlichen Geheimnisse. Timmy erblindet. Jetzt tastet er sie ab, seine Modelle, auf der Suche nach den immerselben Regelmäßigkeiten, die sein Leben sind. Und JP Getty findet sie zu teuer, die Behandlung gegen den Gehirntumor, dem sein Sohn schleichend erliegt. Ob Timmy sowieso sterben musste, oder ob er nur gestorben ist, weil er die rettende Medizin nicht bekam – wer weiß das schon.

Das Jahr 1958. Ein weißer Kindersarg. Liliengestank. Auf Gettys Kaminsims richtet die Nemesis den Träger ihres Kleides, mit einer kleinen, in Stein gebannten, einer nahezu zärtlichen Bewegung, als rücke auch sie sich zurecht für dieses traurige Ereignis, sie, die eine Märchenfigur ist, in deren Welt die Bösen kriegen, was sie verdienen. Der bärtige Kopf unter ihrem mächtigen Fuß.

Und Teddy? Stellt sich vor den Spiegel und formt den Mund zu einem O. Sie lehrt sich, eine andere zu werden. Dieselbe, aber besser. Neuer Mann, neues Kind. Milch tropft aus ihren Brüsten. Hello, sagt sie. Heeello. Hell. Oooo.

Am nächsten Tag besuchen die Freunde die Stadtbücherei von Beverly Hills. Ein Obdachloser schaut die aktuelle Folge *Tucker Carlson* und sie schauen ihn an und die Bibliothekarin schaut sie an, in ihren obszön europäischen Outfits, mit diesem leichten Geruch nach Rauch und hypoallergenem Deodorant.

Draußen dann, in einem Cabrio, auf dem Rodeo Drive, materialisieren sich sechs Generationen ausgesuchter ALTE-WELT-GENE. Das blonde, kräftige Haar trägt der Fahrer schulterlang. Hans will sein Jochbein anfassen, die Ohren. Er beneidet ihn um seine Nase. Wie generisch dieses Gesicht ist. Jede örtlich begrenzte Inzuchtgruppe scheint aus ihm verschwunden.

Und Reja sehnt sich für einen Moment nach dem Anblick normaler Menschen. Gleis 26, Dortmund Hauptbahnhof. Von falscher Arbeit verformte Körper. Buckel. Klumpfüße. In zu enge Kiefer gepferchte Zähne. Der tiefergelegte Himmel. Eine Frau stellt einen Eimer Tabak neben den Kinderwagen. Dieses Deutschland wird für Reja stets das einzig wahre sein. Das wirkliche. Von Gleis 26 aus betrachtet, könnte der Reichstag sich genauso gut auf dem Mond befinden. Lieber Gott, ich danke dir, verzeih mir, rette mich. Wie oft sie schon an irgendwelchen Kleinstbahnhöfen gestrandet ist. Stundenlange Zwiegespräche mit dem Firmament bei Nacht, in Mengede, in Langendreer, in Essen-Steele Ost. Wie oft sie schon die Verbindungen mit dem Finger nachgezogen hat, sich schwörend, dass sie das besser hinbekäme. Wenn sie doch bloß ein Schleimpilz wär. Gelb und gierig. Zielstrebig streckt sie sich, zur Nahrung hin. Und bildet so – das perfekte Bahnnetz. Obwohl sie weder Hirn noch Nerven hat, verrät sie ihren Artgenossen, was sie weiß. Eine Berührung reicht. Man sieht es am Verhalten. Überhaupt, dass sie sich verhält: Reja, eine einzige, riesengroße Zelle. Durchzogen von Kanälen, in denen Protoplasma fließt. Darin speichert sie ihr Wissen. Sie IST Ader. Als spräche es, das Erz im Stollen, ein Flöz mit dem nächsten. Als blutete es auf die Finger der Bergleute, wenn sie den Stein aus dem Bett schlagen. Als erinnerte ich mich an DEINE Kindheit, die Hände DEINER Mutter in DEINEM Haar, wenn ich dir das Schlangengift aus dem Biss sauge.

In La Brea tritt Asphalt zäh aus neongrünen Hütchen. Schwarze Lachen schimmern. Bakterien verdauen das Petroleum und scheiden Methan aus, das durchs Gestein kriecht, unter die Kreuzung, unters Kunstmuseum, unter den Sitz der Schauspielergewerkschaft, die vom Gas nach oben gedrückt werden, als wüchsen sie, immer weiter, als schwöllen sie an, auf ihre eigentliche, ihre versprochene Größe. Seit Tagen schon denkt Reja, dass LA dem Ruhrgebiet ähnelt: ein einziger, zerfaserter Rand. Städte, Halden, Autobahnkreuze. Bauernhöfe. Ein Arbeiterstrich. Und noch einer. Gewerbegebiete, Gewässer. Das Gelände, das sie hergestellt hat – es ist verschwenderisch, und darum ist es schön. Schön und hohl. Leere Schächte, die voll Wasser laufen. Potentielle Ozeane. Fielen die Pumpen aus, bräche das alles binnen weniger Jahre ein wie ein Kind auf zu dünnem Eis.

*Wer aus dem Golf von Mexiko der Hauptstadt zu fährt, wird meilenweit von einem Rohr begleitet. Vor den Städten verkriecht es sich, hinter ihnen taucht es wieder auf; besonders dort, wo Wege oder Kanäle sind, kommt es ans Tageslicht. Auf den Landkarten ist es nicht eingezeichnet.*

Die Konquistadoren werden den Eindruck nicht los, eine Lüge habe sie hierhergelotst, nach Veracruz, in diese schwüle, provisorische Schmiede. Sie würden ja nach Tenochtitlán weiterziehen, aber sie dürfen nicht, weil ihr Anführer Hernán Cortés von ebendort fliehen musste, in die Berge. Um die grad erst gelandeten Konquistadoren abzulenken, erklären ihnen die, die Veracruz ein Jahr zuvor gegründet haben, die lokale Geographie.

Unsere Sierra Nevada, sagen sie, ist nicht zu verwechseln mit der andalusischen Sierra Nevada, wenn unsere auch genauso aussieht und heißt. Unsere Sierra Nevada ist eine andere Sierra Nevada, wenn das zuerst auch blöd klingt, vielleicht, wenn man das hört. Und Tenochtitlán, sagen sie, liegt wie Venedig im Wasser. Sowas haben wir noch nie gesehen. Die Vororte schweben im See, und eine gefegte Straße führt mitten rein ins Zauberreich. Sieht wirklich alles aus wie im Ritterbuch des Amadís.

Und California? Habt ihr California schon gefunden? Die grad erst gelandeten Konquistadoren sind ganz aufgeregt. Auf ihrer Fahrt haben sie das Sequel gelesen, mit Amadís' Sohn. Von seinem fliegenden Schiff haben sie gelesen, von Riesen und davon, *dass rechter Hand der In-*

*dien eine Insel namens California liegt.* Und wer nicht lesen konnte, dem haben es die anderen nacherzählt, bei Sturm unter Deck, bei Flaute, im Schatten des Segels. Und das, was nicht drinstand, das haben sie sich ausgedacht. Sie wollen ja weitermachen, ihr eigenes California finden. Das hat sie doch angespornt, nicht die immerselbe Sierra Nevada, sondern das NEUE. Das *irdische Paradies*!

Jetzt mal halblang, sagen die alten Konquistadoren zu den jungen, habt ihr nichts von der Traurigen Nacht gehört? Als unsere Soldaten flohen, über die einstürzenden Brücken Tenochtitláns? Wer nicht schwimmen konnte, war verloren! Die Pfeile der Azteken vergitterten die Luft. Der Kanal füllte sich mit Toten, das Gold zog sie auf den Grund. Nur Cortés und ein paar andere entkamen. Der Morgen graute schon, als sie an einem Baum Rast machten.

*Sein Eigenname lautet: »Arbol de la noche triste« und sein Familienname »Ufergreis«, was eine Uebersetzung des indianischen Wortes Ahuehuete ist. Unser Ufergreis war schon ein Greis, als unter seinen Aesten der geschlagene Cortez saß und der Sage nach weinte.*

Die Freunde sind irgendwie müde. Sie schauen den Bodybuildern zu. Die Luft ist staubig, staubiger als sonst, das sagen sie sogar im Radio. Das Essen auf ihren Tellern ist ungenießbar, die Laune gut.

Reja öffnet Nachrichten. Mert ist online. Schiebt er gerade gelbe Notizzettel auf seinem Desktop rum? Reja stellt ihn sich vor, wie er in Unterhose auf dem Hotelbett sitzt, einen KFC-Bucket zwischen den Beinen, und die Anmerkungen seiner schlimmsten Kollegin ins Dokument überträgt. Mert und Reja sind gut informiert über die Dramen im Leben des anderen. Seit sie gemeinsam zur Schule gegangen sind, haben sie nie wieder in derselben Stadt gewohnt.

Wie läufts?, schreibt Reja.

Hab gleich ein Date und rieche nach Nuggets. Zähneputzen hilft nicht.

Reja antwortet mit dem Emoji, der zwei Wasserfälle weint.

Wie ist Amerika?

Kaputt, aber geil. Schon die rumänische Volkswirtschaft gerettet?

Any moment now. Habt ihr ne Wohnung?

Ich glaub, wir finden keine.

Ich hab dir gesagt, du brauchst Schufa-Plus. Mert ist süchtig nach dieser App, mit der man die mysteriöse Verbesserung des eigenen Scores jederzeit nachverfolgen kann. Es ist die einzige Form der Selbstoptimierung, die er betreibt. Bisher hat nichts geholfen. Die beiden haben Abos auf Immoscout abgeschlossen. Ihren Mappen Fotos beigelegt. Empfehlungsschreiben ihrer Arbeitgeber. Aber die Lage in Berlin ist hoffnungslos.

Reja ruft die anderen zum Selfie. Jean hinter dem Vorhang seines Haars. Alice mit ihrer klitzekleinen Sonnenbrille. Und Hans, der eine Grimasse zieht. Das ist neu. Reja findet es lieb, auch wenn es sie wundert.

Vor dem Restaurant hat sich eine Menschenmenge versammelt. Ein hagerer Typ hält einen Regenschirm hoch. An seiner Wange klebt, schweißnass, ein Mikroport. Hier, wo sie gerade stünden, in Venice Beach, hier hätten sich einmal Inseln befunden, Inseln über Inseln, ein regelrechtes, wenn auch künstliches Archipel. Die Sümpfe, die hier in den Pazifik führten, seien ausgetrocknet worden, die Gräser gerupft. Ein europäischer Dorfkern wurde installiert, Gondolieri engagiert. Die Touristen kamen in Straßenbahnen aus Santa Monica. Heute, sagt er und deutet mit ausgestrecktem Arm über die Strandpromenade, heute sei nichts mehr davon übrig. Als der Ort eingemeindet wurde, riss die Stadt Los Angeles die Schienen aus. Das Zeitalter des Autos war angebrochen. Und weil niemand mehr herkam, der nicht auch hier wohnte, weil es ja keine Parkplätze gab, weil Venice Beach nicht mehr profitabel war, verschlammten die Kanäle. Und das nun einsetzende Elend zog diejenigen an, die den neuen Mythos von Venice begründeten: die Künstler. Als hätte jemand eine unsichtbare Reißleine betätigt, strahlt der Fremdenführer plötzlich übers ganze Gesicht.

Alice' Telefon vibriert. Eine Meldung ihrer Überwachungskamera. Ein Eichhörnchen hüpft über den Balkon. Seine Augen leuchten. In den filigranen, irgendwie menschlichen Fingern eine halbe Walnuss. Muss mir runtergefallen sein, sagt Jean.

Alice und Jean wohnen in einer Erdgeschosswohnung

am Rand des Tiergartens. Auf den Kirchentreppen und Parkbänken der pittoresken Nachbarschaft campieren die Fertigen. Altmetallräuber stehlen Katalysatoren. Barfüßige wanken zwischen denkmalgeschützten Hochhäusern umher. Vor einem halben Jahr wurde bei ihnen eingebrochen. Es war ganz anders, als Alice es sich ausgemalt hatte. Glas, überall Glas, tausend winzige Splitter, und alle Kleider aufgewühlt. Der Einbrecher hatte nichts verstanden. Bis zu den Kisten mit den Kameras war er gar nicht vorgedrungen. Er nahm zwanzig Euro mit, Modeschmuck und eine alte Festplatte, auf der die Jahre 2007 bis 2015 lagen, Alice' Jugend, ihr schmaler werdendes Gesicht neben denen längst vergessener Boyfriends. Alice und Jean schliefen zwei Nächte ohne Balkontür, ekelten sich wochenlang, und erst vor kurzem ist Jean in eine der letzten Scherben getreten. Seitdem jedenfalls haben die zwei eine Kamera installiert.

Sogar mit Mikrofon, sagt Alice. Am Geländer schwanken die Rosen. Es regnet, in Schwarzweiß, auf den Wäscheständer.

Jedes Mal, wenn ich dieses Hemd seh, sagt Jean, vermiss ich es.


4


Tempomat. Das frischgeschlüpfte Jahr 2020. Alice lehnt sich zurück. Ihre Augen gleiten über das Geröll im Rückspiegel. Nur eine Ansammlung patriotischer Briefkästen verrät, dass irgendwo hier Häuser stehen müssen. Die Freunde sind auf dem Weg nach Las Vegas. Und Carambolage singen:

*Ist es wahr oder nicht*
*Bin ich du oder ich*

Hans' Schneidezahn wirft die Sonne zurück. Wenn er lächelt, wenn er spricht – tanzt das Licht durchs Auto. Dass er schon einmal hier gewesen ist, denkt Reja. Auf Fotos von damals reißt er die Augen auf, als wolle er die Welt mit seinem Blick vertilgen. Hans mit Basecap. Mit seiner Mutter im Wohnmobil. Und während er ihrem Finger folgt, aus dem Fenster und in die Wüste hinaus, während er das alles reinlässt in sich, die Äste der Bäume, die wie tausend Mütterfinger in den strahlenden Himmel ragen, währenddessen sitzt Reja auf dem Sofa und schaut ihrer Mutter dabei zu, wie sie alle Behältnisse, die es so gibt in der Wohnung, ausschüttet in der Zimmermitte, auf der Suche nach diesem einen Papier, das Duldung heißt und dessen Verlust nicht geduldet wird.

Rejas Mutter ist achtundzwanzig Jahre alt. Sie hat keine Ahnung, was sie hier macht. Sie schnappt nach Luft. Sie atmet schneller ein, als sie ausatmen kann. Sie spürt die Röte in sich fahren, ihre Stimme überschlagen. Sie steigert sich rein in die Panik, deren ebenso schrecklicher wie voraussehbarer Verlauf das Einzige ist, auf das sie sich wirklich verlassen kann. Der tröstliche Terror extremer Gefühle. Sie fegt die Bücher aus den Regalen, als könne sich hinter der ersten eine zweite Reihe materialisieren, wie früher, zuhause. Am Tag als die Demokratie ausgerufen wurde, fegte auch ihr Vater das Regal leer. Wer gestern in der ersten Reihe gestanden hatte, wurde nun in die zweite verbannt, und umgekehrt. *Subjekt des Verrats sind von vornherein die Beherrschten.* Rejas Mutter sehnt sich nach ihren Eltern. Sie will auf keinen Fall zurück. Sie krabbelt über den Boden. Sie zieht den Arm durch die Sofaritzen. Für einen kurzen, einen ganz kurzen Moment vergisst sie, dass sie ein Kind hat. Und als sie sich wieder erinnert und Scham ist in ihr, sucht sie seinen Blick. Es schaut sie an, als schaute es einen Trickfilm. Ist es still im Zimmer? Oder hat sie gerade geschrien? Kann sie noch Worte formen mit dem Mund? Am Ende findet sie das Papier, vorsichtig zusammengefaltet, in der zugeknöpften, perlenbestickten Brusttasche jenes Jeanshemds, das sie bei ihrem letzten Termin in der Ausländerbehörde getragen hat. Es hängt, als habe sie sich selbst ein Zeichen geben wollen, an einem Kleiderbügel von der Schlafzimmertür.

Natürlich hat Reja Hans von diesem Tag erzählt. Jedes Mal, wenn sie ihre Handtasche ausschüttet, erinnert sie sich daran. Wenn sie etwas völlig Unwichtiges sucht. Haarspangen und Tabakkrümel auf demselben Teppich wie damals, der mittlerweile ihr gehört. Hans macht diese Unordnung nervös. Auch er muss immer daran denken, an dieses Ereignis, dem er gar nicht beigewohnt hat. Reja hat ihn reingezogen in die Erinnerung, die jetzt auch seine ist. Er aber sieht sie durch die Augen ihrer Mutter. First-Person-Shooter. Sieht seine, also IHRE Hände Waffen wechseln, zittern.

Die Meinen, denkt Reja, die Meinen wissen, dass das alles Zufall ist. Dass es auch ganz anders hätte kommen können. Die Meinen wähnen sich nicht in der Mehrheit. Man antwortet ihnen nicht in der Sprache, in der sie fragen. Sie sprechen fließend falsch. Sie stocken. Die Meinen zweifeln, wenn sie Schulter an Schulter stehen, obwohl die Schulter des anderen, die deine streift, dich, deine Existenz, dein eigenes Schulternpaar, mit dem du dich gerade erst durch den Geburtskanal und dann schon durch das Leben pflügtest –; obwohl der andere dich überhaupt erst beglaubigt, dich wirklich macht. Und trotzdem Misstrauen. Das eigene Leben niemals glauben und die Verhältnisse, die es hervorbringen, sowieso nicht.

Halbherzige Identitätskrisen, halbherzig geleugneter Wohlstand. Warum so halbherzig? Weil mein Herz ja schon voll ist – MIT DIR. Gegen die Prägung an-, in sie hineinsprechen. Die Münze, die man ist, abschmirgeln oder gleich einschmelzen. Sich zur Weißglut treiben, weich werden. Aus dem Feuer zurückrollen, über das Feld, an den Zweig; Frucht erst, Blüte dann, und irgendwann einfach da sein, miteinander, zu zweit, ein Duft. Nur wo bleibt sie da – die Wut? Die Wut, die mich in deine Arme trieb, weil ich sie roch an dir. Wie herzerweichend simpel du gestrickt bist, und ich auch. Du neigst dazu, in der

Gruppe zu dominieren, und ich auch. Du schämst dich, und ich auch. Du an der Emscher, du an der Bude, du an diesen löchrigen, seltsam halbbewohnten Flecken Stadtland Landstadt. Du liebst mich unglaublich, und ich dich auch.

In der Kapelle kopiert die Rezeptionistin die Traubescheinigung. Seit Hans und Reja beim Amt gewesen sind, befinden sie sich im Zwischenraum: Die Hochzeit ist registriert, aber noch nicht vollzogen. Sie warten auf den, der die Macht hat, aus einem Wort Wahrheit zu machen, und aus zwei Liebenden ein Ehepaar. Aus Landmassen eine Neue Welt. Im Namen der spanischen Krone, oder des Bundesstaats Nevada.

Die Priesterdarsteller sind selbstständige Entertainer. Ihr Einkommen ist das Trinkgeld, das man ihnen nach der Show in einem Umschlag überreicht. Mit einem Blick scannen sie die Kandidaten, auf der Suche nach den spendabelsten. SIE wählen aus, wen sie trauen.

Jede Babylonierin musste sich einmal in ihrem Leben der Göttin zu Ehren einem Fremden hingeben. Die Schönen saßen keine fünf Minuten im Heiligen Hain. Die Hässlichsten aber verbrachten Wochen unter seinen Pappeln, Jahre gar, bis irgendein Freak sich ihrer erbarmte. Reja wird nervös im Neondämmer. Könnte ihnen das nicht auch passieren? Wie viele Tage würden sies hier aushalten? Sie sieht, wie Silber sich in ihre Haare flicht. Wie Hans' Locken langsam länger werden, sich aushängen und schließlich ganz verschwinden. Wie Alice am Stock zu gehen beginnt und Jeans Hals sich krümmt, zur Körpermitte hin.

Beim Wasserspender steht eine durstige Familie. Das Brautpaar ist höchstens siebzehn. Sie trägt das gemeinsame Kind auf der Hüfte. Es ist klein und rot, wie die blutig untergehende Sonne in Magnet Cowe, Arkansas. Hier wohnen 691 Menschen, und eines Abends, in der Scheune, wird der 692. gezeugt. Rostige Trucks. Mac'n'Cheese-Schlieren. Schwielen. Die Halsschlagader des Pfarrers, er hat Gänsehaut, vor Wut natürlich, chicken skin, und später gibt es Hühnchen in Buttermilchpanade, und der zukünftige Bräutigam spuckt diskret ein Stück Knorpel in die hohle Hand, drittes Date, ganz Galan. Abstinence-only education, langsam kriecht das Blau über den Teststreifen, als hinge die Nachricht fest, ein Strich, dann zwei, ein Schienenstrang – nur wohin geht die Reise?

Wir werden heiraten und sie werden heiraten, denkt Reja. ESPADRILLE WEDGES, schießt es ihr durch den Kopf, als seien diese Worte ein Gedicht, das sie sich in der Schule hat einprägen müssen.

Earl ist ein großer Typ in einem noch größeren Anzug. Er wird sie trauen. Alice hat das eingefädelt. Sie geben sich die Hände, und er weist ihnen den Weg zum Fahrstuhl. Oben angekommen öffnet Earl eine dunkelbraune Pressspantür, und sie betreten den Nachbau eines Kirchenschiffs, dessen Decke mit Styroporplatten abgehängt ist, über denen Reja, wie früher auf dem Mädchenklo, Zigarettenschachteln und geheime Botschaften vermutet.

Alice holt den Camcorder raus. DV, das heißt: digital video. Obwohl Kassetten reinkommen. Die Signale, die aufs Magnetband schlagen, von dem Alice gerade sachte eine Fluse pustet, sind digitale, die auf ein analoges Medium treffen. Eine Technologie aus dem Spalt: nicht ganz hier, und nicht ganz dort. Y2K. Hans, als Zwölfjähriger, wie er sich einschließt im Bad und Selfies macht. Der Blitz glüht im Spiegel wie ein neues Gestirn. Rote Pupillen, porenlose Haut. Weil die Kamera schwach ist, trifft sie ihn genau: SO siehst du aus. Körnig. Hyporeal. Weniger als, MEHR. Und später wird er die Speicherkarte einstecken, die Daten überspielen und sie verschieben, in die Ordner und Unterunterordner seines Daseins. Das ist die Zwischenzeit. Reja bindet sich die Schnürsenkel. Ihr Kleid verrutscht, und als sie aufsteht, zieht sie es mit einem Ruck über die Brüste zurück. Und Hans erinnert sich schon, auch an das, was noch nicht passiert ist. Er erinnert sich, wie Reja und er lachen werden, wenn sie das Video ansehen, wie sie lachen werden über sich, ihre Frisuren, seinen Anzug, ihre Turnschuhe, lachen und zurückspulen und wieder vor. Er verbietet sich den Gedanken sofort. Bloß kein Auge machen.

Alice drückt auf Play. Sie kündigt es nicht an. Sie weiß, dass Earl es weiß. Der Art und Weise wegen, wie er sich in Position bringt. Wie er die anderen dirigiert. An seiner

Stimme. Seinem Blick, der leicht an ihr vorbeigeht. Sehr professionell. Alice dreht ein Hochzeitsvideo, das ein Film übers Heiraten ist. Ein Film über Earl, der irgendwie auch ein Film über Alice ist. Über die natürliche Autorität, mit der kein Staat dich ausstatten kann.

Earls ausladende Gesten, sein makelloses Gebiss. Die Gemeinde, sagt er, ist ja bereits anwesend, und nickt Jean zu, der sich erschrocken aufrichtet. Ihr betretet also den Saal. Zuerst der Bräutigam – ja, du, Sir –, du kommst dann hierhin. Genau. Und du bist aufgeregt, du bist wirklich aufgeregt, zeig mal, zeig mal mit den Augen, ja, genau, und dann drück ich hier, und der Marsch erklingt, und da kommt sie, deine Braut, wie schön sie ist! Reja versucht sich an einem schüchternen Lächeln. Ja, SO, genau, sagt Earl, und zu Alice: Jetzt, jetzt hältst du drauf, da ist sie! Und dann sprecht ihr mir einfach nach. Und wenn ich frage, antwortet ihr. Alles klar?

Hans hat den Faden verloren. Earl sendet auf einer Frequenz, die er nicht empfängt. Er hört nur, dass es Worte sind. Sinneinheiten. Befehle?

Auf der anderen Seite der Tür holt Reja tief Luft. Sie schreitet in den Raum, oder zumindest hofft sie, dass sie schreitet. Unter dem dumpfen Wummern der Bassmaschine gibt Earl Alice Regieanweisungen. Hans wartet am Altar. Hinter ihm glüht grün das Aufnahmelicht. Reja stellt sich einen Kamerakran vor, der immer weiter nach oben fährt, die Styroporplatten zerschellen wie Packeis, und darüber nur noch der endlose Ozean des Wüstenhimmels, von den Werbetafeln der Casinos erhellt wie von fluoreszierenden Algen.

Earl spricht vor. Sie sprechen nach. Ihre Gesichter werden größer im Zoom. Hans macht Reja ein Versprechen. Und sie ihm auch. Es ist ernst und es ist schön.

Earl sagt: I take thee to be my lawfully wedded wife.

Und Hans sagt es auch.

Earl sagt: In sickness and in health.

Und Hans sagt: In sickness and in hell.

Earl wiederholt den Satz, und Hans wiederholt ihn auch.

Und noch einmal.

In health, sagt Reja.

In hell, antwortet Hans. Er würde überall hingehen, wenn sie ihn nur begleitet.

Und dann sitzen sie im Auto, auf dem Parkplatz, und trinken Sekt aus roten Bechern. Qualm steigt auf und verdichtet sich, wie die undurchdringliche Oberfläche des Planeten Solaris, wie jeder gute Plot. 2001 war der Honda in New York registriert. Reja fährt mit dem Finger durch die Fensterritze. Und an ihr haftet, immer noch: die Vernix des neuen Jahrtausends. Ein Sicherheitsmann tritt an die Fahrerseite. Obwohl er sich für sie freue, sagt er, müsse er sie auffordern, die Türen zu schließen oder zumindest den Champagner zu verstecken. In Amerika heißt jeder Sekt so. Es gibt keine geschützte Herkunft. Und sie nicken also beflissen, und prosten sich zu, und rollen ins Venetian-Casino. Eine unbestimmte Menge Zeit vergeht. In Las Vegas versickert sie nicht. Sie bildet Pfützen, vor denen tatkräftige Angestellte Schilder aufstellen, *CAUTION WET*. Eine Frau fotografiert ihre beste Freundin vor einem überdimensionierten Blumengesteck, darunter die Worte *WANT THE WORLD*. Ein Kind kauert hinter einer Düne, die sich bei genauerer Betrachtung als Aschenbecher entpuppt. Alle amerikanischen Regeln sind außer Kraft. Alle Amerikaner sind da. Die Fetten auf ihren Mobility Scooters. Die Fitten mit diesen nach Siechtum aussehenden, in ihre Rucksäcke integrierten Wasserschläuchen, an denen sie nuckeln wie Säuglinge. Siebzehnjährige mit komplizierten Lip Combos. Willkommen in der Nautilus. Die Schnecke ist ein U-Boot. Sein Kapitän heißt Niemand. Von zwanzig Automatendisplays droht Alexander der Große mit anabolem Bizeps. Reja denkt an Mike Tyson, wie er lispelt, in diesem Video, Mike Tyson in einem T-Shirt, auf dem *TYSON* steht, wie er ansetzt, stockt, und schließlich doch erklärt, dass die Mutter von Alexander dem Großen Albanerin war. Mike Tyson, der seinen ersten Kampf gegen jenen Jungen ficht, der einer seiner Brieftauben den Kopf abriss. Wie er mit dem Zeigefinger über die aufgeplatzte Halsschlagader streicht, ungläubig, wie er den Finger einfährt in die Faust, und es regnet Hiebe auf den kleinen Sadisten. Hätten sie ihn nicht zurückgehalten, was wäre dann passiert? *Geh, mein Sohn, suche dir ein eigenes Königreich, das deiner würdig ist.* Das Land verlassen – das klingt schon mal ziemlich albanisch. Wenn Mike Tyson aber von Albanern spricht, so meint er die Illyrer. Keiner kennt sie. Sie hinterließen Namen und nicht Schrift. Keine Rede blieb von ihnen. Eine Frau hat gegen den einarmigen Banditen getreten. Sie wird geräuschlos abgeführt. Reja wirft einen neuen Groschen rein und denkt an griechische Abgeordnete, die Mazedonien den Landesnamen verbieten. An bulgarische, die sagen, dass es gar keine Mazedonier GIBT. An mazedonische Abgeordnete, die von der Vertreibung der Albaner träumen. Etwas fordern und leugnen, dass man es gefordert hat. Etwas leugnen und fordern, dass auch andere es leugnen. Wer war zuerst da? Und wo überhaupt? DA. Indigen sein. Die Völkerwanderung predaten. Erster sein, im Death Valley, nur – oops – da ist schon wer. Immer weiter vordringen, in die tiefsten, die heißesten, feindlichsten Senken hinein. Allererster sein. Seine Geschichte auf ein paar Scherben beziehen, auf ein paar Wörter, die sich kaum noch lesen lassen, aber einmal hat es sie gegeben. Den Ort der Varusschlacht begehen. Beweisen, dass Jericho gefallen ist, selbst wenn es gar nicht fiel. Während alle sicher sind, dass manche Herrschaftsmythen wahr sind und andere bloß wahnhaft, schüttelt es die Schneekugel, die diese Welt ja ist. *Suche dir ein eigenes Königreich.* Weil – dieses leckt. Seine Bürger tropfen um den Globus. Wasserkreislauf. Invasive Arten in der Adria. Den Feind verzehren, warum nicht. Zerzauste Flaggen in den Rohbauten der ältesten Söhne, die anderswo längst Großväter geworden sind. Polizisten zünden Haschplantagen an. Kokainmillionäre bauen Gated Communities. Enkel filmen ihre Omas für Instagramaccounts, die Albanian Village Living heißen.

Niemand kennt den Namen jenes Gottes, der seinen Bund mit Noah schloss. Alles, was wir haben, sind die Konsonanten. Da fehlt doch die Hälfte. Trotzdem sind alle so sicher. Warum also, warum soll denn nicht eine Linie führen vom Wassergott bindus zur Überzeugung, bindje, zum Ungeheuer përbindësh? Sind denn nicht die Überzeugten, besonders die, die vom Wasser kommen, die Ungeheuerlichsten?

Reja atmet schwer. Sie ist SO NAH dran an dem Gedanken. Hinter dieser Wolke da, hinter ihrem rosa illuminierten Umriss sieht sie ihn schon Form annehmen, aber sie HAT ihn noch nicht. Und als ein neuer Tag über den Markusplatz bricht und es scheppernd aus den Boxen gurrt, da sagt Hans: Komm, und hält ihr den Arm hin. Sie hakt sich ein. Irgendwie schleppen sie sich nach draußen. Honeymoon, denkt Hans und sieht zum Himmel, wo silbern der echte hängt. Vor ihren Augen glitzert der Eiffelturm.

5

In Paris gelandet, haben die beiden sofort Probleme. Der Generalstreik dauert an. In einer Brasserie an einem sternförmigen Platz bestellen sie Zwerchfell in Schalottensauce. Demonstranten stürmen eine Barrikade. Am Nebentisch liest ein Mann in einem Buch mit blauem Einband. Es knallt. Und nochmal. Und nochmal.

Es gibt eine neue Grippe, sagt Reja. In China. Von Zeit zu Zeit streift der Leser seinen Schirm mit dem Mantelsaum. Fësh-fësh. Der nächste Knall. Menschen, die Reja für Passanten hielt, haben sich in Robocops verwandelt. Neben ihr steht eine Frau in Jogginganzug, mit straffem Pferdeschwanz und rosa Filas. Dazu trägt sie Helm, schusssichere Weste und Schienbeinschoner. Über der Schulter hängt lässig ihr Maschinengewehr. Es ist gigantisch, fast so groß wie sie. Reja glaubt, das gleiche Modell erst vor wenigen Tagen in einem Schaufenster gesehen zu haben.

Das Jahr 2005. Reja ist zwölf Jahre alt und trägt seit ein paar Wochen die zweiphasige L'Oréal-Wimperntusche mit der weißen Basis. Sie musste dafür sparen. Es sieht nicht gut aus. Ihre Eltern lachen sie aus, weswegen sie regelmäßig in Tränen ausbricht. So auch an diesem Morgen. Sie befinden sich ausnahmsweise im westeuropäischen Ausland, genauer: im Ibis-Hotel Marne-la-Vallée. Es ist die Zeit der Ausschreitungen in der Banlieue und anderswo. Ein Wink des Schicksals, findet Rejas Mutter. Schnäppchenzeit.

Die Eltern fühlen sich sicher als Ausländer unter Ausländern. Sie begreifen die Proteste als etwas, das nicht gegen sie gerichtet ist. Staunend laufen sie durch die Vorstadt. Niemals haben sie so etwas gesehen. Die Siedlung heißt Espaces d'Abraxas. So stelle ich mir das Aztekenreich vor, sagt Rejas Vater. Er fragt einen Mann, ob er sie fotografiert. Dann steigen sie in die RER. Vor dem Louvre sitzt ein Straßenmaler. Die Eltern beratschlagen, wie sie mit ihm in Verhandlung treten sollen. Als der Maler sie hört, antwortet er auf Albanisch. Betreten versuchen sie, den Preis wieder zu erhöhen, aber er besteht auf Rabatt. Er hat einmal beim Trickfilm gearbeitet. Die Eltern sind starstruck. Sie fragen ihn nach verschiedenen Figuren, und er hat sie alle gezeichnet. Reja kennt keine von ihnen. Sie stellt ihn sich vor, den Maler, als jungen Mann, sauber ausrasierter Nacken, graugrünes Hemd, über den Leuchttisch gebeugt. Der Stadtteil heißt Kinostudio, weil dort das Kinostudio ist. Dahinter beginnen die Berge. Er schreibt mit links, was in der Schule verboten ist, im Studio aber erlaubt. Er legt die Hand schief und schraffiert das kurze Höschen der freundlichen Ente. Zwischen seinen Brauen eine Furche, tief genug, dass man einen einzelnen Samen darin vergraben könnte. Blattgefieder anstelle seiner Brauen. Den Kopf nach rechts, bitte, sagt er, und Rejas Schwester dreht ihren Kopf nach rechts. Der Maler legt die Hand schief und schraffiert ihren Schal. Ist er geschmeichelt, dass jemand hier von seiner Vergangenheit weiß? Oder beunruhigt ihn das? Ein Mann in Lederjacke kommt dazu. Er hat dem Maler einen Kaffee mitgebracht.

Und du, malst du auch?

Nein, ich bin der Manager, sagt der mit der Jacke und lacht, und ihr Vater lacht auch, und sie sieht ihm an, dass er sich darauf freut, diese Geschichte bald weiterzuerzählen. Der Manager spricht von der Polizei. Von Straßenmaler-Gangs. In einer Stunde werden sie den Platz räumen und woanders hingehen. Ob sie sich schon früher kannten? Sind sie Klassenkameraden? Oder haben sie sich erst hier kennengelernt? Sind sie zu Freundschaft verurteilt, weil sie dieses Land einmal gemeinsam betraten?

Acht Stunden später befindet sich die Familie noch immer im Museum. Rejas Mutter weigert sich, es zu verlassen, bevor sie hinausgeworfen wird. Sie will nichts verpassen. Reja schlafwandelt durch die Gänge des zweiten Kellergeschosses. Hier liegt Zentralasien. Auf einem Schild steht: *Uigurische Keramik, um 1100.*

Am U-Bahnhof weicht sie einer fetten Ratte aus. Es riecht nach Pisse. Sie steigen ein. Nach und nach leert sich der Zug. Reja schaut aus dem Fenster, aufs spärlich beleuchtete Abstellgleis, und dann, plötzlich, zieht der Motor an, und sie kriechen unter angestrengtem Pfeifen an die Erdoberfläche.

Zwei Polizisten durchqueren den Waggon. Reja wird flau. Sie hat das Gefühl, ihr Leben sei eine einzige, lange Ausweiskontrolle. Sie weiß noch nicht, dass es irgendwann, von einem Tag auf den anderen, aufhören wird damit, obwohl sie ja dieselbe bleibt. Die Beamten lüpfen ihre klitzekleinen Hüte, als sie vor der Familie zum Stehen kommen. Sie starren Rejas Eltern tief in die Augen und sagen: Bonsoir Madame. Bonsoir Monsieur. Dann setzen sie ihre Hüte wieder auf. Gemessenen Schrittes verlassen sie den Waggon durch die andere Tür. Ihre Mitreisenden schauen aus dem Fenster oder auf ihre Schuhspitzen. Nur einer, ein junger Mann im Vierer schräg gegenüber, beobachtet die

Interaktion, mit einem betont leeren Gesichtsausdruck, der, drehte der Polizist sich um, als Teilnahmslosigkeit ausgelegt werden könnte. Aber Reja merkt, dass er guckt. Und unter seinem Blick wird ihr bewusst, dass sie und ihre Schwester und ihre Eltern und die Polizisten die einzigen Weißen hier sind.

Die Eltern atmen erst wieder, als die Waggontür sich mit einem leisen Puff-puff-puff schließt. Am Carrefour-Parkplatz begegnen sie dem Sicherheitsmann mit seinem Schäferhund. Ihr Vater hebt die Hand zu einer Art Busfahrergruß.

Im Hotel essen sie Grillhähnchen aus Plastikschalen, und als die Eltern glauben, die Schwestern seien eingeschlafen, besprechen sie den Vorfall und sein Verhältnis zu den Aufständen im ganzen Land.

Willst du noch Kaffee?, fragt Hans. Der Leser vom Nebentisch ist verschwunden. Dort, wo gerade Demonstranten standen, liegen nun leere Böller und Konfetti, wie nach einem Fest.

6

Im Bordbistro diskutiert eine Mutter mit ihrem Sohn. Er windet und wehrt sich. Er will ein anderer sein als der, den sie aus ihm macht. Hans versteckt sich hinter seinem Laptop. Reja zieht Kopfhörer auf. Sie liebt es, die Welt wie aus einem Aquarium zu betrachten. Die Mutter schwebt über dem Wasser der Maas. Sie nennt das Licht Hausse, und die Finsternis nennt sie Baisse. ETFs! Sie schraubt die Cola so fest zu, dass Hans ans Durchdrehen denkt. Ans Nachgeben. An die Gewalt und die Wange, und vage an Gott, an keinen bestimmten, nur strafen soll er sie. Natürlich würden Mutter UND Sohn darauf bestehen, eine normale Familie zu sein, boden- und anständig. *Ihr seid das Ruhrgebiet, und das Ruhrgebiet bin ich.* Hans kennt sie, er hat sie überall dort getroffen, in Lünen, in Unna, in Marl. Sie rannte ihm hinterher, wenn er, ohne zu fragen, ihr leeres Glas Ramazzotti abräumte. Sie schrie ihn an, an der Ampel, wenn er träumte.

Die Grenzen des Wachstums, keucht der Sohn. Seine Formulierungen regen etwas in ihm, das er selbst nicht ganz versteht. Er doziert, wirr, unbeholfen, er fühlt sich überlegen. Der Himmel ist violett, wie von Growlight beschienen. Und plötzlich erkennt Hans sich, obwohl der Sohn völlig anders aussieht, als sein siebzehnjähriges Ich ausgesehen hat. Wie von früher sprechen, ohne den zu verraten, der man gerade noch war? Hans betrachtet das Kind auf seinem Sperrbildschirm. Es ist halb Neandertaler, halb Mensch.

Eine Frau umarmt einen Mann. Wie ihre Augen funkeln. Sie mögen einander. Sie haben sich viel zu erzählen. Also ziehen sie rum, gemeinsam, durch die Eiszeit, und eines Tages finden sie ein krankes Mammut, und als sie niederknien, um ihm zu helfen, auf einer Lichtung im Wald, und als die Herde sie akzeptiert, weil die Mammuts verstehen, dass diese Neandertalerin und dieser Sapiens sich lieben, dass sie einfach nur da sein wollen, DA sein, 40 000 Jahre lang, da raschelt es, fësh-fësh, und der erste Speer trifft ein Mammut, und der zweite auch, der dritte aber ragt aus Sapiens' Brust, und noch ehe die Krähe den Tätern zeigen kann, wie sie ihn zu verscharren haben, passiert neben den Toten das Grauen mit der Neandertalerin. Und das Kind, das in diesem Moment auf Hans' Desktop flackert, es wird nicht aus der Liebe geboren, die diese zwei füreinander hatten, sondern aus der Gewalt, die unterordnet, was sie nicht vernichtet. Dieses Kind ist Hans' Vorfahr.

Reja ist eingeschlafen. Vor dem Fenster rasen vereiste Weiden vorbei, Hans kann sich die Bauern nicht anders als bewaffnet vorstellen. Hinter einem Zaun liegt ein Bison. Für einen Moment sehen das Tier und er sich an.

Sie kehren also zurück, wobei man ohnehin immer mit einem Bein DORT ist, als stünde man zwischen zwei Kontinentalplatten, in Island zum Beispiel, im Þingvellir-Park. Oder in den endlosen Gängen eines Hypermarkts. 1987, als der erste eröffnet wurde, kam auch Hans zur Welt. Dort, wo das Gesicht sich geschlossen hat, verläuft noch immer eine Naht. Ein schöner Ort ist das Philtrum.

Kalter Schweiß steht auf Hans' Stirn. Er wälzt sich in einem Bett, das ihm nicht gehört. Seine Lider flattern. Er ist allein, in LA, auf einer Straße, die sich vor seinen Augen selbst asphaltiert. Abgestorbene Palmblätter liegen da wie Raucherlungen. Ein Herz hat eine andere Form als das Herz. Was ist ein bestimmter Artikel, und was kostet er? Im Spiegel verschwindet die Stadt. Hans will anhalten, aussteigen, aber der Honda gehorcht ihm nicht mehr. So geht es höher und höher, und erst als der Weg auf einem Plateau versandet, funktioniert die Bremse wieder. Hans parkt zwischen schneebedeckten Tannen. Von hier oben kann er das ganze Land sehen. Die Küsten. Wüsten und Wälder und außerdem Bisons – so weit das Auge reicht. Sie ziehen ihre Runden, erratisch und vollkommen, richtig. Sie werden ausgerottet. Das ist der Fortschritt. Das ist das Eigentum, dem die Enteignung vorausgeht. Doch jetzt noch nicht. Hans weiß, dass er das Ende der Eiszeit erreicht hat. In der Ferne ein riesiger See. Und während Reja ein ausgewrungenes Handtuch um seinen Kopf legt und es überall um ihn herum tropft, sprengt Schmelzwasser den Fels. Weiß schiebt die Gischt sich voran. Wo sie abfließt, trocknet ihr Salz auf dem Grund. Nach und nach drängen Stämme aus dem Erdreich, wie die Schlaufen einer Handarbeit.

Wie immer, wenn Hans krank ist, wünscht er sich Filme von Kevin Costner, dessen größtes Werk *The Postman* ist, eine antifaschistische Parabel über die Rettung der nicht länger vereinigten Staaten durch einen Shakespeare-Darsteller, der sich als Briefträger ausgibt, das amerikanische Postwesen und schließlich die Idee Amerikas selbst wiederherstellt.

# BRUCH

7

Es fängt damit an, dass der Notstand ausgerufen wird. Der Himmel leert sich. Die Kanäle Venedigs funkeln kristallklar. Im Ozean wird es still. Auch die Buckelwale singen leiser. Sie beruhigen sich.

Keine Mopeds brausen über die Straßen Tirumalas. Die Tore des Venkateswara-Tempels sind verschlossen. Kein Priester zählt Geldscheine hinter gläsernen Wänden. Keine Pilgerin spendet ihr Haar. Kein Tempeldiener fegt es zusammen, um es nach Qualität zu sortieren. Keiner entsorgt das aufgeraute Haar der Städterinnen. Keiner wirft das beste, das lange Haar der Dorfbewohnerinnen auf einen Haufen. Kein Großhändler holt es ab, damit Perücken daraus gemacht würden und Haarteile, die eine nigerianische Geschäftsfrau trüge oder eine New Yorker Bankerin oder eine ghanaische Einwanderin aus einem Randbezirk Essens. Keiner hievt das eingeschweißte Haar in seinen Laster, keiner macht die Tour von Chennai nach Sonauli, keiner steht stundenlang an der nepalesischen Grenze, keiner fährt den Himalaya hoch, der ausgerechnet jetzt, wo die Luft so klar ist, deutlich zu sehen wäre, immer weiter hoch, auf gewundenen Straßen, denen die wenigsten Fahrer gewachsen sind, keiner überquert die tibetische Ebene, an den Salzseen vorbei, keiner raucht mitternachts auf dem Parkplatz, keiner teilt das letzte Bier mit seinem Kollegen, keiner lässt sich, in Xinjiang angekommen, hier, hier und auch hier unterschreiben, dass die Ware ihr Ziel erreicht hat. Xinjiang ist Mandarin und heißt NEW FRONTIER.

Rabeya und die anderen Zwangsarbeiterinnen sitzen auf ihren Pritschen und spielen Karten. Rabeya weiß, dass das Pik-Ass aus einem roten Milchkarton ist. Sie hat schon drei Mal gewonnen. Die Frauen gehen nicht in die Fabrik. Sie fädeln nicht wie sonst jedes Haar einzeln in ein Nylonnetz, sie verknoten sein Ende nicht mit einer winzigen Nadel. Sie beugen sich nicht über den Leuchttisch, ihre eigenen Haare hygienisch verdeckt, damit keines von ihnen Teil des Produkts würde, das sie hier herstellen.

Und selbst wenn Rabeya und ihre Mithäftlinge in die Fabrik gingen – die Haarteile kämen nicht an ihr Ziel. Und selbst wenn sie doch an ihr Ziel kämen – die Friseursalons sind geschlossen, körpernahe Dienstleistungen absolut tabu. Niemand könnte Claires Haar zu enganliegenden Zöpfen flechten, auf die das fremde Haar wiederum montiert würde. Und deswegen sitzt die junge Bankerin jetzt kerzengerade vorm Bildschirm und schwitzt unter einer synthetischen Perücke von Amazon. Ob Tyler aus Human Resources was merkt? Warum tut sie sich das an? Irgendwas ist komisch, seitdem sie die Perücke hat. Der Teil von ihr, der ihr gehört und ihr allein, und der, den sie der Welt zukehrt, sind irgendwie nicht mehr verhäkelt. Sie fühlt sich, als könne ihr Gesicht plötzlich zu schmelzen beginnen. Tyler merkt nichts. Claire schließt Zoom. Sie nimmt die Perücke ab. Sie klappt ihr Laufband auf. Sie fädelt einen Deal ein. Und noch einen. Und noch einen. Dann bricht die Nacht über Manhattan. Und Claire – geht nicht in die Bar. Sie trifft sich mit keinem der Jungs aus ihrem Telefon. Sie wird morgen nicht ins Flugzeug steigen. Sie wird nicht ihren Europe on a budget trip machen, den sie hingebungsvoll geplant hat, schließlich will sie ihre Zwanziger genießen und trotzdem auf ihre erste Wohnung sparen. Sie wird weder das Baltikum sehen noch Prag oder Belgrad und auch nicht die Strände Istriens. Bäuchlings auf dem Sofa fährt sie die Route mit dem Finger ab.

Die Trinker im Park sind allein. Du hast das mit dem Corona nicht verstanden, Kai-Uwe, schreit der eine, und der andere hebt nachdenklich seine Flasche. Es ist Frühling wie noch nie. Das Ruhrgebiet ist wunderbar entkleidet.

Über das Gelände der Zeche Alma hoppelt ein dickes Kaninchen. Es frisst vom wilden Senf. Reja erzählt von ihrer Schulfreundin Melissa, die auch eins hatte. Ihr Vater war Fernbusfahrer und als solcher wochenlang abwesend, auf Tour, wie er sagte. Besonders mochte er die alljährliche Fahrt zum Nordkap. Die Polarlichter, das kannst du dir nicht vorstellen. Auf dem Couchtisch lagen die Inhalte einer Schachtel Celebrations und einer Tüte Colorados in drei Kristallschälchen verteilt. Der Fernseher ankerte in der Schrankwand, umgeben von Konsalik und einem Band Grass. *Der Butt*. Die Mädchen spielten im Zimmer, *Sims* meistens, und bekamen koffeinfreie Cola und Puddingplunder. In der Küche stand die Mutter, kochte Salzkartoffeln, rauchte am Fenster und telefonierte mit ihrer Schwester, Melissas omnipräsenter Tante, lediger Besitzerin vieler Lederjacken, einer aschblond gesträhnten Kurzhaarfrisur und eines Maltesers, den sie bei ihrem eigenen Nachnamen rief. Die Tante kam bloß in Abwesenheit des Vaters zu Besuch. Sie war Taxifahrerin.

Und wie hieß das Kaninchen?

Sein Name war Moppel. Sein Reich waren Küche und Flur. Die Türen zu den anderen Räumen waren von niedrigen Gittern versperrt. Moppel aß Kohlrabiblätter, Möhren und Leckerlis. Melissa mästete ihn, bis er an Adipositas verstarb.

Die Unterscheidung zwischen Essen und Fressen gibt es im Albanischen nicht, dafür aber eine andere: të vdesësh (sterben, als Mensch) und të ngordhësh (sterben, als Tier). Reja vertut sich manchmal. Als Kind korrigierten die Erwachsenen sie, wenn sie eine Fliege, eine Taube, eine Ratte menschlich-tot nannte. Im Spiel starben Hexen und Vampire tierisch, die Geschwister sagten: shtriga ngordhi, und so fanden sie das tierische Sterben lange zum Lachen, weil sie es für ein Sterben-im-Spiel hielten, und das menschliche: Sterben-in-echt. Dabei gibt es diesen Unterschied auch auf Deutsch. Und doch sterben die Golden Retriever, und mancherorts verenden die Menschen.

Die Sonne trödelt hinter dem Doppelbogen von McDonald's. Reja öffnet ihr Bier mit dem Feuerzeug. Hans' Drang, abzuspeichern, bevor er etwas tut, von dem er glaubt, es sei vielleicht gefährlich. Dieser Drang, immer alles auszusprechen. Der Knoten in seinem Kopf löst sich, sobald Reja davon weiß. Wie sehr Hans das nervt, und trotzdem hört er nicht auf damit. Warm liegt die Flasche in seiner Hand. Falls er mal gewusst hat, ab wann ein Virus nicht mehr wirkt, hat er es vergessen. Sie stoßen an und spazieren am Café del Sol vorbei zur Halde. In ihrem Inneren schwelt es, weil die Kohlereste im Abraum sich selbst entzünden. Ohne ihren glühenden Kern verlöre die Erde ihr Gleichgewicht. Manchmal bahnt sich der Brand seinen Weg nach draußen und Rauch zieht auf, dringt aus dem Hügel wie nach einem gescheiterten Konklave. Wer aber wählt hier wen, und warum?

Hans spielt *Mario Kart* mit Rejas kleinem Bruder. Er streicht die Wände weiß. Er sammelt Brennnesseln. Er tut, was man ihm aufträgt. Reja liegt auf dem Teppich und spult ein Video zurück. Eine rote Rührmaschine knetet Hefeteig. Eine Frau sagt, sie wolle ihren Stolz überwinden. Mitunter sei sie stur, doch ihr Mann bleibe geduldig. *Mehret euch und machet euch die Erde untertan.* Mit einem Nähfaden trennt sie die Zimtschnecken voneinander. Sie legt die Stirn in Falten, nein, in eine einzige, zarte. Rejas Bruder überholt Luigi in letzter Sekunde. Die Reifen, sagt er, seien das Geheimnis.

Rejas Eltern haben ein Ledersofa. Ein Klavier. Verschiedene Möbel aus naturbelassener Kiefer. Sie haben Unmengen an Gegenständen, in denen wiederum andere Gegenstände lauern. Über ihrem Fernseher hängt ein braunes

Stück Plastik, das Holz ähneln soll. Golden heben sich die Worte ab: *Vergiss nie die Heimat, wo deine Wiege stand. Du findest in der Fremde kein zweites Heimatland.*

Hans spielt *Zerstören und Verwalten*. Er schießt einen Kampfjet über dem Nordpol ab. Er sendet Kondolenzschreiben an Familien gefallener Soldaten. In der Küche kocht ein Lammkopf aus. Rejas Eltern räumen die Einkäufe ein. Sie haben unglaubliche Konservenvorräte angelegt. Sie sind einmal dazu erzogen worden, allzeit bereit zu sein. Sie machen Sauerkraut. Legen Oliven ein. Wo haben sie bloß rohe Oliven gefunden? Sie geben keine Antwort auf die Fragen, die Reja ihnen stellt. Das Wachstischtuch ist über und über mit kleinen Kaffeetassen bedruckt, unter denen das Wort Cappuccino steht. In einer Schüssel liegen zwei Augen. Es könnte doch interessant sein, die zu sezieren, sagt Rejas Mutter.

Die Fenster der Wohnung sind mit feinmaschigen Gittern verhängt. Rejas Vater räumt die Garage aus und wieder ein. Ihr Bruder zeigt Hans, wie viele Klimmzüge er kann. Eine Frau, der Reja seit vielen Jahren folgt, wohnt jetzt in Australien. Sie ist Mutter geworden. Apple Pie. Herbst auf der Südhalbkugel. Werbung für nachhaltige Tampons aus Naturschwamm. Fürs Barfußlaufen. *Befrei deine Füße aus ihrem Gefängnis. Mach mit bei der Bitcoin-Revolution.* Eine Zwanzigjährige sonnt ihr Arschloch im Dschungel Costa Ricas. Eine Zwanzigjährige schneidet mit einer Rasierklinge Muster ins Brot. *Eine fromme Frau wird Gott in allen Handgriffen des täglichen Lebens finden.* Reja versucht, sich ihre unverstellte Stimme vorzustellen. Und irgendwann landet sie in Utah, auf einem Bauernhof, bei einer blonden Landfrau und ihren acht Kindern. Sie war mal Ballerina. Jetzt aber ist sie glücklich. Sie vakuumiert Rinderbraten. Sie missioniert nicht, sie zeigt einfach, wie schön das Leben ist, wenn man es lebt wie sie. Sie geht in die Kirche. Sie blättert im Buch Mormon. Und Reja auch.

Die Mormonen glauben, dass da was fehlt im Alten Testament. Die Geschichte der Propheten Lehi und Nephi nämlich. Gott schickt sie über die offene See, vom Heiligen Land in ein noch heiligeres. Sie landen im menschenleeren Mittelamerika. Und sie bevölkern es. Sie bauen Städte und Pyramiden, begründen Dynastien, führen Krieg und fallen nach und nach vom Glauben ab. Währenddessen nehmen die Babylonier Jerusalem ein, bis sie von den Persern besiegt werden, die wiederum Alexander der Große bezwingt. Und als Jesus Christus geboren wird, erscheint in Chiapas ein Stern.

Zwei Jahrtausende später sitzt die Emigrantin Nara Smith in ihrer kalifornischen Küche. Sie ist frisch verheiratet. Sie spricht mit ihrer Mutter in Deutschland. Sie verfolgt den Sendestatus ihrer Rührmaschine. Sie ist in der fünften Schwangerschaftswoche. Taking care of others ist ihre love language. Ihr Mann bewirbt Unterwäsche. Er heißt Lucky, und sie ist lucky to have him. Sie lernt seine dreiundzwanzig Cousinen kennen. Sie lädt ein Foto hoch von sich am Schießstand. Sie schließt die App. Und Reja öffnet sie. Sie lehnt das Telefon gegen die Essigflasche. Sie schmiert sich ein Brot. Sie schaut durchs Fenster. Die Welt hinter Gaze.

Hans ist außer Atem, als er auf dem Deusenberg ankommt. Fred winkt zur Begrüßung. Sein Hund hat ein Kaninchen gewittert. Sie steckt die Schnauze in ein Loch und scharrt aufgeregt, immer tiefer, bis sie schließlich ganz verschwindet. Zerreißen ihre Krallen die Plastikfolie, die den Park von seinem vergifteten Untergrund trennt? Alle Pflanzen, denkt Hans, müssten augenblicklich verkümmern. Ratten mit hängender Zunge und zwei Kreuzen als Augen. Ein gelber Himmel mit einer grauen Sonne darin. In Wahrheit aber wird das Plastik standhalten. Diese Landschaft ist vollständig verschweißt. In Wahrheit dringen die Moleküle ihres Verpackungsmaterials allmählich in die Kanalisation, und immer weiter, in die Kläranlage, die Emscher, den Rhein, die Nordsee, und in all die Fische, die Hans so gern isst, weswegen sich das Plastik schon längst in ihm befindet, in seinen Hoden. Und so endet der Kreislauf des Lebens.

Dann erinnert sich der Hund an Hans. Sie springt an seinen Beinen hoch, und er spricht mit ihr, obwohl er weiß, dass sie ihn nicht versteht. Er sagt etwas Schwachsinniges, und sie freut sich. Die Menschen am Ende der Eiszeit ertränkten jeden Welpen, der zu sehr Wolf war, im Schmelzwasser, um mit der Zucht voranzukommen. Das ist der Fortschritt. Das ist der Hundeblick. Wer ihn draufhat, überlebt.

In der S-Bahn bereut Hans, nach Dortmund gefahren zu sein. Er lehnt seinen Kopf nicht an die Scheibe, so wie früher, wenn er nach neuen Graffitis entlang der Strecke suchte. Von der ersten Brücke in Wanne-Eickel läuft immer noch das Spiegelei runter. Und dann fällt sie Hans ein, seine Grundschullehrerin, die ihm riet, einen Satz niemals mit UND DANN zu beginnen. Die Hand als Schablone oder Stempel. Die zwei Seiten eines Tintenkillers. Und NEU, der seine alten Bilder mit Throw-ups übermalt. NEU, dessen Namen so viele Wände säumten, dass Fred und Hans glaubten, er könnte das unmöglich allein sein, NEU geht also los, NEU los, noch einmal.

*Der Schlüssel heißt Zerstörung. Nicht die Zerstörung fremden Eigentums, dieser alberne Vorwurf, nein, die Zerstörung, um die es gehen muss, ist die Zerstörung eines falschen Glaubens.*

Und während Hans die Maske höher zieht und sich bemüht, nichts anzufassen in der S-Bahn, stärkt die Bankerin Claire ihre Rumpfmuskulatur. Und Mert macht Mantı mit seiner Mutter. Und Dicks Schwester hat ein Reh erlegt. Und Jean geht in den Tiergarten. Und Alice in die Badewanne. Und der Ölpreis ins Negative. Und Rabeya kann nicht fasten, weil die Fastenzeit für illegal erklärt wurde.

Und ihr Bruder Yusuf sitzt zuhause und starrt ins Telefon. Draußen steigen schon wieder ein paar Jugendliche in die halbabgerissene Pyramide ein. Es ist so still, dass man hört, was sie rufen. Als er hier ankam in der Stadt, eines

Winters, rodelten sie noch über den Marmor. Er schließt das Fenster. Im Fernsehen läuft ein alter Schwarzweißfilm – er hat ihn schon einmal gesehen. Sein Kopf auf dem Schoß der Mutter, und Rabeya, die Ältere, die Chinesisch sprach, weil sie schon zur Schule ging, übersetzte die Untertitel. Live synchronisierte sie, wie der tapfere Erzieher und seine Schützlinge den Faschisten Paroli bieten. Der kleine Sulo weigert sich, seine Kameraden zu verraten. Als er versucht, über die Mauer des Waisenheims zu klettern, nicht weil er rauswill, sondern REIN, da wird er erschossen. Und seine Freunde schwören, ihn zu rächen, und treten ein in die Partei, die den Elternlosen eine Mutter ist. Yusuf hasst diese Filme, aber er kann nie wegschalten, weil sie ja zu ihm gehören, irgendwie, zu seiner Kindheit. Und im Telefon findet, pixelig und stockend, die Kindheit seiner Tochter statt. Er hat lange nichts von ihr gehört. Um ihre Staatstreue zu beweisen, hat sie einen Chinesen geheiratet. Sie ist irgendwo in Xinjiang, während Yusuf sich hier befindet, hier, wo der Film spielt: in Albanien.

Das Jahr 2001. Yusuf läuft westwärts. In Afghanistan wird er überfallen. Dann ist es lange dunkel. Jemand schnallt ihn an. Maschinendröhnen. Feuchte Hitze, Kälte. Man zieht ihm den Sack vom Kopf. Ein fensterloser Raum. Ein Amerikaner spricht Uigurisch mit ihm. Er fragt ihn nach seiner Geschichte. Yusuf erhält eine Uniform und wird hinausgeführt ins grelle, karibische Licht. An seinem dritten Tag nimmt er sich vor, niemals über das zu sprechen, was hier passiert. In seinem dritten Jahr wird ein als Häftling verkleideter Soldat bei einer Truppenübung behindert geschlagen.

Das Jahr 2006. Yusuf kommt frei. Er gilt nicht mehr als feindlicher Kämpfer, weil seine Feindschaft nie den Vereinigten Staaten galt. In Xinjiang droht ihm Verhaftung. Die Amerikaner fliegen ihn nach Europa aus. Es dauert Monate, bis er begreift, wo er ist. Als er eines Freitags aus der Moschee kommt, spricht ein Mann ihn an. Gestärkter Kragen, dicke Brillengläser. Senkrechte Falten haben sich in die Wangen des Alten gegraben. In gebrochenem Chinesisch sagt er: Deine Leute, und: Ich weiß. Er nimmt Yusuf am Arm. Sie laufen fünf, zehn Minuten lang. Der große Bruder, sagt der Alte, Albanien, sagt er, Freunde. Er strahlt übers ganze Gesicht, und Yusuf, der seit Jahren kein Chinesisch mehr gesprochen hat, versteht, dass er verwechselt wird. Er überlegt, sich loszureißen, aber täte er es, der Alte fiele um. Und der zieht ihn, nein, sich, an Yusuf voran durch den Straßenverkehr, in einen Hausflur, an dessen Ende eine Tür offen steht, die in eine Gasse führt, wo eine Horde Kinder Ball spielt, und dann sind sie auch schon da – auf dem chinesischen Markt. Der Alte lässt die Hacken zum Abschied gegeneinanderschlagen: Genosse. Genosse, erwidert Yusuf wie automatisch. Zögerlich läuft er die Stände ab. Wissen die Leute hier, wer er ist? Er zeigt auf eine hölzerne Spieluhr. Unter einem schiefen Turm sind die Worte *I LOVE PARIS* eingebrannt. Der Händler beglückwünscht ihn mit gerecktem Daumen zu seiner

Wahl. Hinter der Auslage sitzt ein Teenager und macht Hausaufgaben.

Das Jahr 2019. Eigentlich wollte Yusuf die Spieluhr seiner Tochter schicken. Aber sie steht noch immer hier auf der Fensterbank. Er hätte ihr gern das Meer gezeigt. Wird sie es jemals sehen? Die Händler sind Großeltern geworden. Sie sprechen Chinesisch mit ihren Enkeln, und die Enkel antworten auf Albanisch. In den Nachrichten ist die Rede von einem Flüchtlingslager. Der Premierminister sagt, er weigere sich, Verzweifelte zu importieren wie Giftmüll. Yusuf ist klar, dass man das Lager errichten wird, in irgendeiner Ruine von früher. Guantanamo war auch mal ein Flüchtlingslager. Man wird die Menschen, die ihre Länder verließen, ihrer gerechten Strafe zuführen. Das bessere Leben ist eine Lüge, denkt Yusuf. Warum ist er noch mal losgelaufen? Doch wohl kaum, um dreimal mit einer AK auf Felsbrocken zu schießen, die sofort zerbarsten. Wie er, wie seine Träume. Man wird es bauen, das Lager, und Albanien wird niemals in die Europäische Union kommen, und er wird niemals ein Schengen-Visum kriegen oder irgendein anderes Papier, er wird für immer Pizza in Tirana backen, während der Sohn seiner Vermieterin dasselbe in Gelsenkirchen tut, extra viel Käse, sagt der Sohn, im Jahr 2020, und zwinkert Hans zu, der die Kartons mit nach Hause nimmt, wo Reja Eistee schlürft und liest, *escape from the dual empire,* liest sie, und das gläserne Geräusch ihres Strohhalms verschmilzt mit dem Klackern von Gentle Whispering Marias manikürten

Nägeln. Flutter flutter flutter, haucht Maria ins überempfindliche Mikrofon, now we are both covered in butterflies.

*These are precarious times. These are eventful times. Let us note some of the symptoms of this instability. There is September 11, and the prospect of a new form of American empire that uses September 11 as its pretext.*

Hans nimmt Reja die Kopfhörer ab. Weißes Rauschen. Die andere so oft ansehen, bis sich dieses Geräusch wie ein Laken spannt und darunter: keine Vorstellung von Vorstellungen mehr. Ein Körper werden, der an jeder Stelle daran erinnert, dass er auch andere Stellen hat. Das Kainsmal malen, Unterdruck erzeugen. Sie liegen nebeneinander auf ihrem alten Bett und atmen zeitversetzt. Durchs schräge Fenster fällt Licht auf einen Sticker. Hans weiß, dass sie noch immer dieselbe ist, die ihn dorthin geklebt hat. Reja zieht die Decke an sich. Ihr Bein zuckt ein bisschen.

Hans öffnet den Laptop. Ein Mann filmt sich mit einem Selfiestick. Er läuft eine Straße entlang. Backsteinfassaden. Im Fenster eines Motels hängen Spitzengardinen. Hinter einem Kirchturm ragen rote Felsen empor. Das Bild wackelt so, dass Hans schwindlig wird. Umständlich richtet er das Kissen in seinem Nacken. Der Mann sieht gar nicht aus, wie Hans sich einen Mormonen vorgestellt hat, eher wie ein Angler. Seine Weste hat viele Taschen. An einem Karabinerhaken baumelt eine Tasse:

Mein Name ist Ron Baby, und ich befinde mich hier in Kanab, Utah, wo ein unglaubliches Geheimnis verborgen liegt. Der legendäre Goldschatz des Moctezuma. Halt!, werden Sie jetzt vielleicht sagen. Haben die Azteken ihre Reichtümer denn nicht im See von Tenochtitlán versenkt? Mit dieser Annahme sind Sie nicht allein. Aber Sie täuschen sich.

Hans schaltet die Untertitel ein. Das Video hat siebzehn Aufrufe. Ron Baby kratzt sich an der Nase. Der Schatz, sagt er, liege im Höhlensystem der Three Lakes, ein paar Meilen nördlich von Kanab. Sein Vater sei auf den entscheidenden Hinweis gestoßen: ein in den Fels gekratzter Pfeil, der ins Wasser zeige. Grund genug, dort zu tauchen, habe doch schon vor hundert Jahren ein obdachloser Prophet verkündet, Moctezumas Gold läge hier im Canyon vergraben. Massen seien seiner Vision gefolgt. Bald aber habe man den Canyon gesperrt, um dort Filme zu drehen, Little Hollywood, sagt Ron Baby und runzelt die Stirn, Western, sagt er, halten Sie das etwa für Zufall?

Hans und Reja radeln über die stillgelegte Bahntrasse zur Jahrhunderthalle. Tiere kreuzen ihren Weg. Sie ruhen sich aus, wo einmal gearbeitet, wo Erz verfrachtet wurde. Wo Maschinen standen, deren Sinn sie nicht entschlüsseln können. Was ist ein Kompressor? Wohin bläst der Wind? Sie radeln bis zur Ruhrmündung und wieder zurück, vorbei an Schrottplätzen und Jachthäfen. Sie schauen sich alles an. In Mengede riecht es nach Dung, die Bauern bestellen die Felder. Sie radeln die Rückseiten entlang. Lärmschutzwände und Schrebergärten und Menschen, die sie einmal für die einzigen gehalten haben. Beim Gasometer überqueren sie die A42. Sie zählen die Autos, sie winken. Oberhausens Neue Mitte ist die letzte Stadt, die in Deutschland gebaut wurde. Wo einmal die Gutehoffnungshütte stand, befindet sich jetzt das Centro. Hier gibt es eine Mall, ein Musicaltheater, einen Wasserzoo, einen Freizeitpark, ein Spaßbad, ein Kino und, normalerweise, viele glückliche Holländer. Jetzt aber, da alles andere zuhat, ist die einzige Attraktion die Coca-Cola-Oase, wo Hans und Reja Pommes kaufen, die sie draußen am Springbrunnen essen. Jean schickt Hans ein Video. Drei alte Frauen sitzen in einer gefliesten Küche und singen:

*Siebenbürgen, Meeresboden*
*Einer längst verflossnen Flut*
*Nun ein Meer von Ährenwogen*
*Dessen Ufer waldumzogen*
*An der Brust des Himmels ruht*

Sie treffen Mert an der Tischtennisplatte. Irgendwo hier im Gebüsch hat Reja das erste Mal geknutscht. Die drei zeigen sich die deprimierend gut geschossenen Fotos der Deutsche Wohnen. Am nächsten Tag gräbt Hans ein Loch. Es ist achtundzwanzig Grad. Rejas Vater hat bei Obi einen Apfelbaum gekauft. Ihr Bruder knackt seinen eigenen Highscore. Ihre Mutter verschweißt zwei Metallteile. Später liegt Hans auf dem Teppich, den Laptop an die angewinkelten Beine gelehnt. Rejas ernstes, schönes Profil und darüber das Porträt aus Paris.

Ron Baby hebt eine Taucherflasche von der Ladefläche seines Pick-up. Er prüft das Ventil. Er bückt sich. Hinter Ufergras glitzert der See. Grinsend hält Ron eine Schnecke vor die Kamera. Schon sein Vater, sagt er, habe die Three Lakes trockenlegen wollen. Der Antrag sei abgelehnt worden, mit der fadenscheinigen Begründung, die Kanab ambersnail wäre endemisch und vom Aussterben bedroht. Hans stoppt das Video. Die Schnecke sieht aus wie keine, die er kennt. Ihr Haus ist durchsichtig. Sie scheint von innen heraus zu leuchten. Sein Vater habe sofort Verdacht geschöpft, sagt Ron Baby, schließlich sei die Bernsteinschnecke den Azteken heilig gewesen. Gerade darauf beruhe ja die Theorie: Die Priester seien aus der belagerten Stadt geflohen, über den See, bei Nacht. In ihrem Gepäck hätten sich neben dem Gold auch zwei Schnecken befunden, und als die Priester hier angekommen seien, in Kanab, hätten sie mit ihnen das Versteck des Schatzes markiert. Wieder grinst Ron Baby. Es ist das Grinsen derer, die wissen, dass sie gewinnen werden:

Ich habe mit Biologen gesprochen. Mit hochdekorierten Wissenschaftlern. Sie haben mir bestätigt, was schon mein Vater längst wusste. Es gibt keine Kanab ambersnail. Es handelt sich um die ganz gewöhnliche, die gemeine Bernsteinschnecke, wie man sie bis runter nach Mexiko zuhauf findet. Der Wildlife Service ist eine kriminelle Organisation. Sie wollen Zeit gewinnen, aber jetzt, wo alles stillsteht, ist Zeit im Überfluss vorhanden. Ich werde sie nutzen. Ich werde weitertauchen.

Ron Baby trinkt einen Schluck aus seiner Tasse, darauf eine Frau in einem gläsernen Sarg und, in Fraktur, der Schriftzug *The Sleeping Death*. Er fixiert etwas in der Ferne, das Hans nicht sehen kann.

Die Immerselben, die die immerselbe Runde drehen, auf der Bahnhofstraße. Sich aufbrezeln, dabei guckt keiner zu, oder fast keiner, Reja nämlich guckt mit aller Kraft, starrt, glotzt, geiert. Zwei Frauen sitzen in ihren Rollatoren und unterhalten sich. Der einen fehlt das linke Bein. Eine Plakette erinnert an die Alsbergs, die erst enteignet und dann ermordet wurden. Reja muss sie nicht lesen. Sie kennt sie auswendig, so wie sie alles auswendig kennt hier. Das Muster des Pflasters etwa, den glatten, roten Stein, sein Gitter, mit rauem Grau gefüllt. Sie hat das Gefühl, ihre Augen werden schlechter, seit sie zuhause ist. Sie kann die Leute, die sie liebt, bald nicht mehr ertragen. Wenn Hans und sie sich abends anschreien, fragt ihre Mutter morgens, was denn los war. Wenn ihre Mutter das Entscheidende wie nebenher an ihm vorbei sagt, fragt Hans, worum es ging.

Ist doch irre, sagt er und wechselt die Seite, Rejas Handtasche wegen, die zwischen den beiden hin- und herpendelt, ist doch irre, dass Ron Baby sich gar nicht wundert, an genau dem Ort zu wohnen, wo der Schatz liegt. Dass es ihm noch logisch vorkommt.

Klar, sagt Reja, Joe Smith fand das Buch Mormon ja auch gleich hinter seinem Haus, in stapelweise Gold geritzt. Die Verschwörung als Versprechen, Fanfiction eigentlich: Welche tapferen Krieger JHWHs könnte es noch gegeben haben, und zwar hier, in UNSERER Nachbarschaft? Die Leser sind begeistert: Gott hat Amerika niemals vergessen. Aber Amerika, das vergaß ihn. Aus diesem Grund straft er die Indigenen, die es ja gar nicht wirklich gibt. Sie existieren nicht. Sie sind bloß Enkel vom Glauben Abgefallener. Und Lehi ist ihr Ahnherr. Auch wenn sies nicht mehr wissen: Ihre Geschichte IST die unsere. Wir sind geboren worden, um sie von Neuem zu erzählen.

Und als die Mormonen also westwärts ziehen, nach Utah, um ihren Gottesstaat zu gründen, da lässt man sie. Irgendjemand muss die Ödnis ja befrieden, Krieg mit den Wilden führen. Und DA kommt das Mormonentum erst zu sich: an der Frontier. Von Bisons, von Weite umzingelt. Was Joe Smith aufgeschrieben hat, wird wirklich. Erst passiert's im Text, und dann in echt: die Besiedelung Amerikas. So wie sich alles doppelt im Mormonentum. Der Mensch lebt vor seiner Geburt, im Geisterreich, und dann ein zweites Mal, auf Erden. Wo er zwei Ehen schließt – eine für jetzt, die andere für später. Zuerst ist er ein Mann, nach seinem Tod aber ein Gott. Auch Gott war mal ein Mann. Und so gehts immer weiter: Unsere Sonne kreist um eine zweite, die vielfach größer ist, um die weitere Sonnensysteme kreisen, auf deren Planeten der Weg vom Sündenfall bis zur Erlösung schon längst vollzogen ist. Und als die Vereinigten Staaten die Mormonenführer irgendwann wegputschen wollen, weil ihr Erfolg sie ja überflüssig gemacht hat, als die Gläubigen Bajonette aus ihren Sensen machen, als all das passiert, wird erst *Die Entstehung der Arten* geschrieben und dann *Das Kapital*. Das findet alles gleichzeitig statt!

Deshalb sucht Ron Baby nach dem Schatz, sagt Hans, er will die Geschichte des Ortes nicht nur verändern, sondern beweisen, dass sie schon immer anders war.

Reja zündet sich eine Zigarette an. Jemand hat aus blauen und weißen Bügelplättchen hunderte Schalke-Logos zusammengesetzt und sie in sein Fenster gehängt, anstelle eines Vorhangs. Leere Ladenlokale, unsanierte Altbauten. Alles ist bereit für den Aufschwung, den Zuzug der Pioniere. Die Farbe der Straßenschilder verändert sich. Die beiden haben, ohne es zu merken, die Stadtgrenze überquert.

Ok, sagt Hans. Aber irgendwann gab es sie doch: die ALLERERSTEN Siedler. Irgendwann, am Ende der Eiszeit, als die Sterne enger zusammenstanden, liefen die Menschen doch bis nach Amerika. Über die Beringstraße! Sie kreuzten die zukünftige Datumsgrenze. Sie liefen hinein in den gestrigen Tag. Oder, vielleicht kamen sie von Süden her. Und du – du schaust auf die Maserung des Kanus, die Wundmale und feinen Linien, um die sich, lebendig, die Borke schlösse, siehst die Axt sich vom Stamm entfernen, als spulte ein Video zurück, immer weiter zurück, siehst Blattadern erst, Laub dann und irgendwann nur noch dunkles Rauschen unter noch dunklerem Himmel, und die Landschaft gerät zu immer kleineren Flecken, Meer und Berg und Wald, und das schmale, seltsam grelle Wolkenband eines morgigen Gewitters, und der Horizont beginnt sich zu krümmen, und du – du krümmst dich niemals. NIE! Weil – du bist die erste Siedlerin.

Das ist nicht dasselbe.

Warum nicht?

Reja zögert. Hans schaut sie an. Seine Pupillen zittern wie ein Metronom. Sie lieben das, was jetzt geschieht, mindestens so sehr, wie sie einander lieben. Noch umschwirrt es sie als feiner Nebel – das süße Tosen des Gedankensturzes. Ihre Zungen kleben am Gaumen. Sie sind durstig. Und fast, fast haben sies. Das Licht schillert im Wasserfall, auf dessen Rückseite die Antwort wartet.

Weil dich niemand schickt. Du, ein Einzelner. Wie der, an den das Gedicht sich wendet. Den ein anderer liebt. Nur du, und ich vielleicht. Und deswegen brauchen alle Verschwörungstheorien immer diesen ominösen anderen, der die Leute schickt, die Grenzen öffnet, alle einlädt, obwohl es ihm nicht zusteht, eine Einladung auszusprechen. Dass die Untoten, Vampire eigentlich, dass strigoi, shtrigat, wie auch immer, dass sie dein Haus uneingeladen nicht beträten, ist ja ein Wunschtraum. Das Ding an ihnen ist doch grad, dass sie dort auftauchen, wo sie nicht hingehören. Sie sollten tot sein, aber sind es nicht. Sie sind Menschen, aber nicht wie wir. Wenn sie dich ansehen, bist du in Gefahr. Wenn ich dich retten wollte, umkreiste ich dein Gesicht mit einer Faust voll Salz. Ich müsste sagen: Ihr sollen die Augen platzen, sie soll nie wieder ihren Blick auf dich, meinen Geliebten, werfen. Schau ihn nicht an. He does not wish to be perceived. So geht das. Aber in echt, da geht das eben nicht. Das Salz der Meere, der Lauch der Felder hält niemanden auf. Nicht mal der Pflock durchs Herz. Was ich sagen will – die Weltreiche, sie kennen den Unterschied zwischen Siedeln und Einwandern genau. Sie haben ihn erfunden.

Und während die beiden also durch den pervers warmen Frühling des Jahres 2020 laufen, streicht Nara Smith sich über den gewölbten Bauch und glaubt es, ihr Leben. Auf dem Küchentresen liegt eine Liste ihrer europäischen und afrikanischen Ahnen. Ancestry.com ist ein mormonisches Unternehmen. Und mit Hilfe der von ihm erfassten Daten wird Nara ihre Vorfahren postum taufen lassen, damit sie ihr im Himmelreich wiederbegegnen. So verändert sie die Vergangenheit. Mit einem Wort, oder mit zwein.

Eine Frau joggt vorbei. Hans und Reja schauen ihr nach. Hinter dem halb durchsichtigen Nylon ihrer Laufshorts klemmt ihr Telefon, das in einer ganz durchsichtigen Hülle steckt, und hinter dieser Hülle, doppelt verborgen und trotzdem deutlich sichtbar, ihr Organspendeausweis.

8

Das Jahr 1955. Sleeping Beauty Castle, der Graben noch ohne Wasser, und oben, im Schloss, Schneewittchen, die auf die Eröffnung des Parks wartet. Sie schaut zu, wie ein Hügel entsteht. Er heißt Holiday Hill, obwohl er aus Arbeit ist und aus Erdreich, das ausgehoben wurde für den Schlossgraben. Holiday Hill wird eine Halde sein und ein Park im Park, wo es dann Picknick gibt, Körbe voll Wurst, Bratwurst, Wiener Wurst und außerdem Vögel, die zwitschern.

Schneewittchen ist eine Frau aus Anaheim. Dort probt sie nach der Schicht die Main Street. Sie weiß echt wenig über die Gebrüder Grimm. Sie fragt sich: Wovon hat Schneewittchen geträumt in ihrem Sarg aus Glas, und was sah sie dahinter?

*Führ das Sneewittchen hinaus in den Wald an einen weiten abgelegenen Ort, da stichs todt, und zum Wahrzeichen bring mir seine Lunge und seine Leber mit, die will ich mit Salz kochen und essen.*

Dass sie geglaubt hat, aus einer anderen Geschichte zu stammen, total blöde, im Rückblick, klar: Sleeping Beauty Castle gehört ihr ja gar nicht. Und trotzdem ist Schneewittchen die Einzige, auf die diese Beschreibung zutrifft. *Dornröschen* wird grad erst produziert, kein Kind kennt diesen Film. Das Schloss aber, für das er werben soll, das gibt es. Irgendwo sinkt immer eine in den Schlaf, The Sleeping Death, damit sich wer verlieben kann, in eine Tote.

Schneewittchen ist normal groß. Sie sieht aus, wie Schneewittchen nun mal aussieht: unverwest. Und darum gehts ja. Immer betet irgendwo jemand ein *Ave Maria*, KO-Tropfen-Phantasien, Zucht und Züchtigung, Wiederwortwerdung des einmal fleischgewordenen Wortes, ruft mich an, in meinem Namen, auf dem Telefon, denn ich bin mitten unter euch, und meißelt diese Zahlen auf mein Grab, 0177 8402807.

Das Jahr 1957. Holiday Hill, inzwischen dicht begrünt, und oben Schneewittchen, die Mittagspause macht. Sie streicht den gelben Rock glatt. Ein paar Spatzen picken Krumen, bis – ein Knacken sie erschreckt. Schneewittchen dreht sich nicht mal um. Wie sehr sie ihn liebt, diesen verwinkelten Ort, wo Teenies schüchtern knutschen, dem Blick Walt Disneys entzogen. Erst im Dunkeln, wenn Schneewittchen längst auf der Parade ist, treten die Pärchen auf die Wege, und Holiday Hill wird zu einer offen geheimen Zone.

Eines Mittags aber – Schneewittchen freut sich seit Stunden auf ihr Sandwich – hockt Dumbo schon am Picknicktisch, seinen Plüschkopf auf dem Schoß. Er lehnt sich zurück und starrt, ohne ein Wort zu sagen. Einen nach dem anderen betrachtet er seine Fingernägel. Sie hält das nicht aus, dieses Schweigen. Nur die Autistin und der

Verbrecher oder die, die Autisten und Verbrecher spielen, schweigen so aggressiv, dass aus ihrem Gegenüber die Indiskretion dringt. Und so erzählt sie Dumbo von den Pärchen im Gebüsch.

Weil er das natürlich nicht für sich behalten hat, stehen jetzt, im Jahr 1958, Männer um eine Schneekanone herum, im Halbkreis, den Blick zur Sonne gerichtet. Ihre Füße versinken im Schlamm, doch sie nennen den kahlen Hügel trotzdem Snow Hill. Sie wollen eine Alpenrodelbahn errichten. Sie wollen das Matterhorn bauen, im Maßstab eins zu hundert. Und da versteht Schneewittchen, dass es das niemals geben wird: einen ruhigen Ort. Dass Walt sich alles einverleibt, und wenn sie nicht aufpasst, wird sie die Nächste sein.

9

Plötzlich geht es ganz schnell: Das Universum expandiert nicht mehr in alle Richtungen. Die Orcas entwickeln neue Bräuche. Hans und Reja finden eine Wohnung. Ihre Mutter verlädt die letzte Kiste und wirft den Kofferraum zu. Reja dreht die erste Glühbirne ein. In Lichterfelde-West holen sie ein altes Sofa ab. Jean und Hans tragen es in den dritten Stock. Den Sommer verbringen sie in Baumärkten und Seen. Feuer verdunkeln den kalifornischen Himmel. Dann beginnt der Zweite Lockdown, und die neue Playstation erscheint.

Reja baut den Beamer auf. Hans macht Tuna Melts. Und Jean bringt Controller mit.

10

Alle Ampeln sind grün. Alle Menschen sind zuhause. Alice erreicht einen Parkplatz, der sich in der Nacht verliert. Im Möbelhaus brennt Licht. Manche der Lampen kann man kaufen und andere nicht, und irgendwann wird dieser Unterschied egal sein. Birken in Käfigen. Raupen aus Einkaufswagen. Alice fährt so gern Auto. Ihr Telefon vibriert. Sie drückt die Außentaste. Meldung von der Kamera. Sie bremst. Der Einbrecher ist unmaskiert. Sein weißer Jogginganzug, sein Ellenbogen. Glas bricht. Schon wieder. Und plötzlich schreit Alice, als hätte sies schon tausendmal getan, dabei ist das hier die Premiere, sie schreit: Die Bullen sind schon unterwegs, Baby! Sein erschrockener Blick im Screenshot. Er hüpft übers Geländer zurück in den Vorgarten und verschwindet. Alice schlägt sinnlos auf die Hupe.

Die Polizisten kommen zu zweit. Der ältere fasst alles ohne Handschuhe an. Also Kamera, sowas funktioniert ja nicht, viel zu körnig. Klar, können Sie uns gern schicken. Ist jetzt aber nicht so dringend.

Am nächsten Morgen juckt es Alice. Sie kann nicht kratzen. Weil es IN ihr ist, in ihrem Körper, zwischen den Organen, über der Milz, hinter der Leber. Den Urheber eines Verbrechens nennt man seinen Autor. Und sie sieht ihn vor sich, wie er den Kopf hebt, auf der Suche nach der Autorin dieser Warnung, die durchs menschenleere Viertel schallt. Kalt, will sie sagen, kalt, kalt – du weißt nicht, wo ich bin. Silvester versucht sie, sich ganz normal zu benehmen. Anstatt die Sache auf sich beruhen zu lassen, redet Hans immer weiter davon, egal wie oft Reja das Thema zu wechseln versucht. Warum trittst du mich, fragt er, als sie ihn unter dem Tisch tritt. Alice hebt die Wirbelsäule aus dem Fisch. Neujahr geht sie fast in die Kirche. Jean liest ihr Gedichte vor. Er kocht komplizierte Gerichte. Er stellt ihre alten Kleider auf Kleinanzeigen.

Am dritten Tag verlässt Alice das Haus. Sie läuft über die Turmstraße zum Supermarkt. Auf einer Leuchtreklame steht: *seit 1995 aus eigener Herstellung*. Der Wirt bedient am Fenster. Ein Mann nimmt zwei Döner entgegen. Er dreht sich um. In tiefen Höhlen grüne Augen. Lockiges, blondes Haar. Der weiße Pulli. Sie stellt sich auf sein Tempo ein. Sie folgt ihm. Vorbei am Sanitätshaus, am Optiker. Dann aber, an der Ecke, steigt er, ohne zu stoppen, mit einer einzigen fließenden Bewegung, in einen Prius, der sofort losfährt, als habe Alice zu weit vorgespult. Sie kommt nicht mehr zurück. Sie findet die Stelle nicht. Sie fotografiert das Kennzeichen. Sie macht einen Kussmund. Hier gibt es nichts zu sehen, nur eine Frau und ihr Selfie. Zuhause liegt Jean auf dem Teppich und macht Rückengymnastik. Was soll ich damit, denkt Alice, als sie das Foto anschaut. Sie wollte gar nicht in Berlin sein. Alice in Baku, in Paris, in Glasgow. Alice in den Städten. Bei den Dreharbeiten. Wie sie Danke! sagt und: Schön, schön, SEHR schön. Ihr Pokerface. *To shoot pictures – alles abknallen, was man nicht aushält.* Was aber, wenn ichs aushalten will? Wie ginge das? Sie zieht sein Auge groß. Der Glanzpunkt der Pupille. Wie im Anime. Sie macht einen Screenshot vom Screenshot. Sie markiert das Bild als Favorit. Sie will ihn etwas fragen. Aber was? Will ihm das Foto ausdrucken, als Schlüsselanhänger, Kalenderkarte. Als Sticker. Sie will die Stadt mit seinem Auge tapezieren. Was sah er da, in ihrem Fenster, bevor ers eingeschlagen hat?

Jean schläft noch, als sie die Wohnung verlässt. Ein Opa bietet ihr den Zuckerstreuer an. Nein danke, lächelt sie. Gute Stimmung im illegalen Außenbereich. Nur kalt ist es. Sie kauft ein Soßenbrot. Und wieder Tee. *Du hast alle Neuigkeiten gesehen.* Sie hört einen Podcast von der Weltsicherheitsmesse. Sie schaut das Video einer Frau, die sich einen Pony schneidet. Sie ist im Nicht-stören-Modus. Im Kokon. Zurückgekrochen irgendwie. Der Falter zieht die Flügel ein, wird wieder klein. Hier ist alles ganz genauso, wie es einmal war. Sie knüllt die Alufolie zum Ball und legt sie auf den Stromkasten. Wie früher. An der Tischtennisplatte. An der Halte. In der Drogerie. Sich zur Wehr setzen, den Kajal in die Hosentasche gleiten lassen. Diese SB-Brötchen, von denen sie heute vorgibt, sie ungenießbar zu finden, und manchmal, wenn sie alleine ist, kauft sie sich eins. Die Bettwäsche aus dem Schlussverkauf, die niemals weiß ist, sondern bunt, mit geisteskranken Mustern, Paisley, Tigerstreifen, beides meistens.

Die Hitze, die der Fernseher ausstrahlt, und das Dröhnen ihres Laptops. Datenpiraterie. Das Wort SAUGEN. DVDs kaufen auf dem Polenmarkt, und die Regenbogenstreifen auf den Covern, weil der Tintenstrahldrucker wieder aufgegeben hat, Anthony Hopkins' Gesicht, aufgelöst in seine gelben, blauen und pinken Bestandteile, und vor der Rückfahrt kauft ihre Mutter Pirogi mit Kartoffeln. Die Magie der Filme. Die Fratzen der Kundinnen in der Boutique, wenn sie ihnen Plastik als veganes Leder verkauft. Die Taube, die sie auf dem Fensterbrett aufpäppelt. Sich erholen, arbeiten, sich lieben. Sich fürchten. Gönnen, nicht gönnen, wohl gönnen. Tun, als ob nichts wär. Als ob das alles ganz leicht ginge. Sich nicht beschweren über das, was man sich selbst ausgesucht hat. Und trotzdem.

Zuhause streitet sie sich mit Jean. Er macht sich Sorgen. Das Allerschlimmste ist: Gesagt bekommen, was man tut, noch während man es tut. Alice denkt daran, wie sie einmal, im Hotel, einen Film gesehen hat, den sie noch nicht kannte. Zwei Männer liebten sich in einer amerikanischen Landschaft. Eine Stimme aus dem Off beschrieb jede ihrer Handlungen. Die zögerlichen Blicke, die sie sich zuwarfen. Die Gesten, die alle ganz anders gemeint waren. Sie zog die Knie an die Brust und spürte den Schmerz der Hirten. Tränen liefen über ihre Wangen. Es vergingen Jahre, bis sie begriff, dass sie *Brokeback Mountain* gesehen hatte, in der Blindenversion.

Der Winter weicht dem Frühling. Alice schneidet die Rosen. Sie tritt auf etwas Komisches. Noch bevor sie es richtig ins Licht halten kann, weiß sie schon, was es ist: ein Indiz. Genau da, wo der Einbrecher gehockt hat im Überwachungsvideo, in diesem Video, das sie tausendmal vor- und zurückgespult hat – die Scheibe hat sich wiederhergestellt, und kein Splitter fehlte –, genau da liegt jetzt, lag die ganze Zeit ein fremdes Feuerzeug. Sie hebt es hoch. Da steht: *Luftëtari Puka*. Sie sucht die Wörter. Alles klar. Sie wird ihn finden. Nicht, um ihn anzuzeigen. Sie will sehen, wie er es wieder macht. Wieder sehen, wie er es macht. Sie will ihn kennenlernen.

Reja liegt in diesem Moment unter sechs zum Gebet gefalteten Dürerhänden und einem Poster, auf dem Erdöl aus dem schiefen Turm von Pisa spritzt wie aus einem Füller oder Schwanz. Sie hat gerade auf jenes saudische Wüstenstück gezoomt, auf dem die Stadt Neom entstehen soll. Es ist leer, auf der Karte zumindest. Was ist der Ausverkauf einer Stadt gegen ihre Gründung? Sie versucht sich das vorzustellen: bangladeschische Gastarbeiter bei 50 Grad im Schatten. Der Sand in ihren Socken. Die Blasen auf ihren Nacken. Wie sie Schienen verlegen, New New Frontier, immer weiter, durch die Wüsten, bis ans Mittelmeer. Das Maps-Wüstenbeige sieht nach einer zukünftigen Trendfarbe aus. Baustellen. Menschenopfer. Staatsbürger. Solarzellen. Erosion. Säulenheilige. Sie prophezeien, was alle wissen. Sie bleiben stehen, reglos, bis die Vogelscheiße auf ihren Schultern zum Dünger der kommenden Welt fossiliert. Alice ruft an.

– und dieser Verein, das ist der Fußballverein von Puka, die spielen in der Dritten Liga. Und von denen hat er das Feuerzeug. Und jetzt hab ich das.

Reja hört Alice eine Zigarette anzünden. Seit sie aufgehört hat, raucht sie nur noch rosa Vogues.

Ok, und was soll ich –

Du musst da nur mal kurz anrufen.

Um was zu sagen? Könnte einer ihrer Spieler zum Einbrecher geworden sein?

Wir brauchen ein Foto. Wir brauchen ein Foto von der Mannschaft, und vielleicht erkennen wir ihn. Also ich. Bin in zehn Minuten da, ja?

Weil sie nur eine Festnetznummer gefunden hat, wühlt Reja in der Kommode. Hinter Kabeln und Geburtstagskarten findet sie den Schuhkarton, Streichhölzer und Knöpfe darin, und – ihre letzte unbenutzte Telefonrubbelkarte. Ein Artefakt aus einer anderen Ära. Alice kratzt das Grau mit einer Münze ab, ein Code erscheint. Hoffentlich geht die noch. Andernfalls wird diese Operation 1 Euro 39 pro Minute kosten.

Hallo, spreche ich mit Luftëtari Puka? Scheiße, sie hat sich gar kein Pseudonym überlegt und stellt sich jetzt mit ihrem eigenen Namen vor. Ich habe eine Frage zur aktuellen Mannschaft. Also, zur Jugend. Ja, genau. Aufstellung, denkt sie, zur aktuellen Aufstellung, woher soll ich wissen, was das heißt. Der Mann am anderen Ende spricht Dialekt. Reja versteht ihn kaum. Draußen dröhnt die Ausfallstraße. Sie bedeutet Alice, das Fenster zu schließen.

Ja, genau, ich berichte. Für – einen deutschen Blog, nicht zu viel lügen, nur ein bisschen. Sie hält sich das linke Ohr zu und sieht ihn, ihren Gesprächspartner, seinen blauen Trainingsanzug, die ausgelatschten Sneaker, die Schiebermütze, wie er am Telefon sitzt und das Kabel um den Finger wickelt. Sie denkt an das Wort Auflegen im Jahr 2050. Reja hat sich Puka auf der Karte angesehen. Vom Stadion bis zum Wallfahrtsort Der Heilige Stein führt in großem Bogen ein achtzehnminütiger Fußweg, von dem sie vermutet, dass er sich auch abkürzen ließe. Doch ihr Gesprächspartner ist an einem Ort, den Maps nicht kennt. Von dort sickert sein Genuschel in die Telefonmuschel, wird in elektrische Signale umgewandelt, wandert zum nächsten Funkmast, und immer weiter, nordwärts, bis es bei Passau die Ilz unterquert und schließlich, kurz bevor es bei ihr ankommt, pinballmäßig durch ein Wurmloch schlüpft, ihr Gewinn doppelt sich, der Rubbelnummer sei Dank, und das Ganze kostet nur noch 89 Cent pro Minute.

Fotos hätte er keine, sagt der Mann. Die U21 habe nur acht Spieler. Vier seien ausgewandert, so wie jedes Jahr welche auswanderten, und sie müssten warten, bis ein paar Jungs nachwüchsen, und die hätten dann ein, zwei Jahre, dann suchten auch sie das Weite. Kann ich ihnen nicht verübeln, sagt er, aber ist schade, das Stadion wurde gerade renoviert, naja –, und er spricht und spricht, es geht um seinen Sohn in Bergamo und um früher, früher, als es besser, als es schlimmer war, ganz früher, kürzlich, undsoweiter. Reja hört zu und malt Lilien in ihr Notizheft. Lilien, die ihre Mutter ihr zu zeichnen beigebracht hat und die immer ein wenig aussehen wie die Glocken auf den Alarmtasten der Fahrstühle. Nicht auf die Lilie drücken, sagte ihre Mutter, wenn Reja wieder ihren Arm ausstreckte. In einem Fahrstuhl, den die beiden öfters betraten, war die Lilie gelb, und aus der Blüte ragte kreisrund der Glockenschlegel, der auch ein Staubblatt hätte sein können. Irgendwann, ihr Gesprächspartner ist bereits beim Preis des Strohs angekommen, unterbricht Reja ihn zaghaft. Sie sagt: Aber für den Bericht, für unseren Bericht über – europäische Drittligamannschaften und ihre Talente, wäre es toll, die Namen zu haben. Aus den letzten fünf Jahren am besten. Der Mann nennt sie ihr. Er ist überhaupt nicht misstrauisch.

Danke, sagt Alice. Sie sitzen nebeneinander und klicken sich durchs Ausbürgerungsregister. Durch Einträge des Athener Telefonbuchs. Der italienischen Metallarbeitergewerkschaft. Einer Fachhochschule in Tirana. Vielleicht auf Insta? Erster Name, zweiter, dritter. Ein Profil erscheint. Wie einfach das geht. Wie klein die Distanz ist, zwischen ihnen und ihm. Als sähen sie in einen Spiegel: sie, als anderer.

Der Einbrecher heißt Florian. Er hat sieben Fotos gepostet. Auf einem trägt er ein Juve-Trikot, zwei Kinder auf dem Arm. Onkel Flori. Ein anderes ist angeblitzt. Die Konturen seines glattrasierten Gesichts. Er posiert im weißen Jogginganzug. Flori, mit gerecktem Kinn, den Lauf einer Pistole senkrecht in der Luft. Und dann, das sexy Negativ, Schmollmund, Kinn kokett nach unten gedrückt. Reja denkt an die Musik, die er hört. An Versprechen, die sich nicht einlösen. Die Insel California ist eine einzige Enttäuschung. In der Mancha gibt es keine Riesen. Quixote, über Jahrhunderte versprengt. Quixote, der sich nicht ausweisen kann. Quixote, der erschossen wird in irgendeinem Hinterhof, die Butterbrottüte mit dem Bargeld an die Brust gepresst. Quixote, der sein Dorf nicht mehr sehen wollte, und er wird es auch nicht mehr sehen.

Flori als Kind. Sein ausgeblichener Looney-Tunes-Pullover. Wie sie Verstecken spielen, hinterm Hühnerstall, seine Cousins und er. Wie seine Mutter ihn sauberspritzt, ihn aus den Latschen auf ein altes Handtuch hebt, die Latschen draußen zum Trocknen an die Wand lehnt. Aus dem ersten und einzigen Stockwerk des Hauses ragen Stahlstreben empor, als hinge es im Bühnenhimmel, als könne es, je nachdem, wann es gebraucht würde, verschwinden oder auftauchen. Dabei sind diese Streben für den zweiten Stock, der nie gebaut wurde, weil Floris Großvater alles Geld verlor. Hunderttausende fielen damals Pyramidensystemen zum Opfer. Sie investierten in Sparclubs, die theoretisch enorme Rendite versprachen, die sich die Sparer aber, auf noch höhere Gewinne hoffend, nicht auszahlen ließen. Als sie es irgendwann doch versuchten, brach das System in sich zusammen. Es konnte nicht mehr weiterwachsen. Ein Land war pleite, und sehr wütend. Seine

Bürger hatten im Kleinen nachspielen wollen, was im Großen ohnehin passiert. Die werden wollen, von denen man ihnen so viel erzählt hatte: Kapitalisten nämlich.

Fünfhunderteins Jahre nach der Traurigen Nacht bricht die Bundeswehr überstürzt aus Kabul auf. Und Reja öffnet eine Flasche Wein. Und Alice liked Floris letzten Post. Und Yusuf läuft los. Er kann nicht mehr. Er fühlt sich umzingelt in Tirana. Eng an eng die Hochhäuser im Zentrum. Berge zu drei Seiten hin. Westwärts führt die Autobahn durch Vorstadtwuchern bis ans Meer. Nur im Studentenviertel, das leicht erhöht liegt, hat er das Gefühl, noch atmen zu können. Vor dem Wohnheim der Wirtschaftswissenschaften fegen zwei Frauen den Bordstein. Eine dritte, jüngere tritt auf, einen schweren Kissenbezug geschultert. Was wohl da drin ist? Ein Minibus hält. Ausländer kommen raus. Immer mehr, durch ein und dieselbe kleine Tür. Wie viele Menschen passen da rein? Ein Mädchen mit rosa Bommeln an den Zöpfen. Seine Mutter, ihr zerknitterter Schal. Ein nicht abreißender Strom von Bündeln, verknoteten Tüten. Betretenes Schweigen, Anflug von Lächeln. Der schnauzbärtige Vater. Sie ist ihm ins Gesicht geschrieben, die Angst, für immer hier steckenzubleiben. Werden die Amerikaner ihr Versprechen halten? Jetzt also auch noch Afghanen. Was wollen die? Yusuf weiß es, natürlich. Und trotzdem: Ihre Schwäche enttäuscht ihn – weil es die seine ist. Er bestellt noch einen Kaffee, reißt eine Ecke vom Tütchen und schaut zu, wie der Zucker untergeht im

Schaum. Beim Umrühren klimpert es in der Tasse, tausende Menschen klimpern zur selben Zeit mit ihren verdächtig leichten, fast schon blechernen Löffeln, Klimpern und Vogelgezwitscher, und es wird immer heißer, von Tag zu Tag, und Yusuf geht immer früher raus, ins Studentenviertel, an den See, vorbei an der Pagode im Park, vorbei an Polizisten, die sich Schmalzgebäck reinschieben wie lustige Cops aus Filmen, vorbei an Löchern und Gruben, in denen einmal Häuser standen, Theater, Denkmäler, vorbei an der Pyramide, an den seltsam verzerrten Renderings ihrer zukünftigen Nutzung als Co-working-Space. Und die Afghanen? Manche sind längst weiter, nach Pennsylvania und Ohio, während andere in leerstehende Hotels an der Küste verfrachtet wurden, in Dörfer, wo man sie mit einer Mischung aus Misstrauen und Mitgefühl beäugt. Dort sitzen sie und warten.

Ron Baby sitzt am Schreibtisch und sortiert Papiere. Dann blickt er auf, überrascht, als hätte er das Stativ nicht selbst aufgestellt. Neben ihm dampft die Tasse. Von der kahlen Wand lächelt sein Vater. Halbglatze, fliehendes Kinn. Ron räuspert sich:

Im Zuge des großen, des wochenlangen Gedenkens an den Fall von Tenochtitlán vor fünfhundert Jahren ist heute, am 26. Juli 2021, der berühmte Árbol de la Noche Triste umbenannt worden, und zwar in: Árbol de la Noche Victoriosa. Denn der Fall Tenochtitláns wird nicht mehr gefeiert. Jetzt betrauert man ihn. Und stattdessen feiern die Mexikaner den zwischenzeitlichen Sieg der Azteken in jener Nacht. Ausgerechnet heute also, da all das passiert, ausgerechnet heute erhielt ich folgende Meldung. Ron hält einen engbedruckten Zettel in die Kamera.

*We, the U. S. Fish and Wildlife Service, are removing the Kanab ambersnail (Oxyloma haydeni kanabensis) from the Federal List of Endangered and Threatened Wildlife. This determination is based on a thorough review of the best available scientific information. Our review indicates that the Kanab ambersnail is not a valid subspecies and therefore cannot be listed as an endangered entity under the Endangered Species Act. DATES: This rule is effective July 26, 2021.*

Verstehen Sie? Es gibt sie. Das ist IHR Werk. Die Priesterschaft der Azteken, von der mein Vater sprach – sie existiert! Ein geheimer Kult mit Verbindungen zur Regierung Mexikos, sogar der Wildlife Service ist von ihr unterwandert. Nur ihre Taktik hat sich geändert. Die Umbenennung des Baums ist ein Signal. Wie lang wird es wohl noch dauern, bis SIE die Three Lakes abpumpen? Ich jedenfalls werde das nicht tun. Ich werde weitertauchen. Ich habe keine Angst.

Etwas so sehr anstarren, bis es sich auflöst. Will Ron den Schatz wirklich finden? Oder will er nur, dass es so weitergeht, sein Leben, und mit ihm die Verschwörung, die ihn am Haken hat, mal hier- mal dorthin zerrt, ihn schneller zieht durchs Nass, als er es selbst je könnte? Der Drill als Thrill, denkt Hans. Ron spürt sich bloß, wenn es sich in ihn bohrt, dabei ist er der Köder, nicht die Beute. Wer aber angelt dann, wenns Ron nicht tut? Ist es die Story selbst? I did it for the plot, sagt man, Hans weiß nicht ganz, warum. Er schlägt es nach. Draußen zieht ein Gewitter auf, die Schwüle kriecht durchs offene Fenster. Als Reja nachhause kommt, klappt Hans den Laptop zu. Sie hat kein Herz für Ron. Weil sie ja immer glaubt, dass alles offenliegt. Dass jeder alles weiß, auch das Schlimme, besonders das Geheime. So geht es immer weiter, bis irgendwann – der Letzte eingezahlt hat. Und dann bezahlen alle. Nur ist sich jeder sicher, an jenem schwarzen Datum, in naher Zukunft irgendwie zu entwischen. Nicht auf der Scholle langsam abzudriften, sondern an Land zu stehen. Jemandes Opfer sein oder sich für was opfern, meinte Reja mal, warum ist das dasselbe Wort? Jetzt lehnt sie hier, im Türrahmen, und schöpft Verdacht, schöpft ihn mit beiden Händen, das Wasser steht schon kniehoch, und Hans denkt, machen wirs wie Ron, springen wir rein da.

## 11

Und so enden sie, die Jahre, in denen die Tage so zäh ineinander fließen, dass ihre Anfänge und Enden kaum auszumachen sind. Irgendwann werden die Ausgangsbeschränkungen ein letztes Mal aufgehoben. Die im korrekten Sicherheitsabstand aufgeklebten Fußabdrücke in den Behörden verblassen, bis sie irgendwann ganz abgeschabt sind. Die in jener Zeit geborenen Kinder gewöhnen sich an die unverhüllten Gesichter Fremder. Die Wohnung von Hans und Reja nimmt den Geruch der beiden an. Sie merken sich, wann die Sonne im Badezimmer steht, und wann im Bett. Sie gehen aus. Sie kommen heim. Sie verbringen Nächte ohne den anderen. Sie hängen ein Bild Pandos in den Flur. Greller Himmel, gelbes Laub. Wenn ihre Freunde fragen, was das ist, sagen sie wahrheitsgemäß: ein Wald in Utah. Mehr sagen sie nicht. Sie zählen die Tage.

# SCHWEBE

## 12

Am Tag als die Startbahn schmilzt, liegt Reja am Ufer eines von Wasserlinsen übersäten Bachs, ihren Pullover als Kissen untergeschoben, Merts Kopf auf dem Bauch. So schauen sie das Morgengrauen an. In der Ferne Musik. Das Zelt ist schon gepackt. Mert muss später zurück auf seine Konferenz und Reja nach Luton, zum Flughafen. Jetzt aber liegen sie noch da, und der Tau glitzert auf den Pflanzenspitzen, die zittern, die seltsam farbgesättigte Welt, ihre flaumigen Ränder, jaja, es ist nicht mehr so wie früher, wie es einmal war, es ist anders, aber es ist gut.

NATO-Draht rings ums Festivalgelände. Die Firma heißt Siegfried. Abgeriegelte Schutzräume. Kommerzielle, öffentliche. Auf der anderen Seite der Staubpiste schaukelt ein Mann in seiner Hängematte. Hinter ihm leuchten neonblau die Worte *FUCK FRONTEX*. Draußen am Zaun stehen sie, die Feinde der totalen Freiheit, bereit, ihn zu stürmen. Zwischen Mert und Reja hier und Buckinghamshire dort liegt ein doppeltes Zaunsystem mit zwischengeschaltetem Todesstreifen, auf dem in diesem Moment Cashews mampfende, verkaterte Freiwillige patrouillieren, schweren Herzens, doch sie müssen, denn dies ist der Dienst, für den sie ihre Tickets erhalten haben.

Also wie jetzt, fragt Mert, während er träge ein Kleeblatt zwischen den Fingern dreht, man kann in Disney World leben? Er fühlt sich bestechend zweidimensional. Ein Kind läuft vorbei. Mert wendet den Blick ab.

Ja, weil es eine Stadt ist. Mit ihrem eigenen Wahlkreis. Und die Einzigen, die da leben, sind fünf Disney-Angestellte mit ihren Familien. Gratis, in Wohnmobilen. Und dafür stimmen sie ab, bei den Wahlen. Weil eine Stadt irgendwie Wahlen braucht. Eigentlich wollte Disney eine richtige Stadt im Park gründen. Aber es hat nicht geklappt. Er ist vorher gestorben. Das Einzige, was sie noch geschafft haben, ist die kommerzielle Mitte, EPCOT-Center, eine Mall als Freizeitpark.

Wie das Centro.

Genau. Und in Paris ist die Mall außerhalb des Parks. Und drumherum ist eine Planstadt, die gar kein Zentrum hat, deren Bewohner gehen in die Disneymall, als gingen sie auf die Bahnhofstraße. Stell dir mal vor: Du bist so vierzehn, fünfzehn Jahre alt. Mickeys Ohren spannen sich wie zwei schwarze Sonnen über den Horizont, und genau da, wo sie aufgehen, hast du deinen ersten Kuss, kotzt du das erste Mal besoffen in den Mülleimer, da begehst du den ersten Ladendiebstahl deines Lebens, und zwar klaust du einen Kugelschreiber, an dessen Ende Pluto auf einer Springfeder wackelt, Pluto, der vielbeschworene Hund, dessen Herrchen selbst einer ist.

Übertreib, sagt Mert, der sich mit geschlossenen Augen zum Licht gedreht hat. Nach einer Weile sagt er noch: Krieg den Palästen. Oder die Paläste? Krieg die Paläste. Er kommt manchmal durcheinander mit den Artikeln. Diesmal aber nicht.

Am Tag als die Startbahn schmilzt, hockt Hans vor einem großen Glas Sprudelwasser und blickt in die Fußgängerzone. Beim Café Extrablatt teilt sich der Strom, langsam fließt es in den warmen Morgen. Hans ist wie die Loreley, allein, auf seinem Felsen. Er beugt den Kopf so nah übers Glas, dass ihm die aufsteigenden Bläschen als feine Tropfen auf die Brille fallen.

Neben ihm nehmen zwei Rentnerinnen Platz und wedeln sich mit den tageszeitungsgroßen Menüs Luft zu. Alle hier scheinen zu warten. Sie verhalten sich, als wären sie hinter der Sicherheit. Sie gehen in die Läden, um etwas zu kaufen, das ihnen keiner mehr wegnehmen kann. Stumpfe Scheren. Tetrapaks. Hans stellt sich vor, wie er einen Steward mit einem langen Faden Zahnseide stranguliert.

Das Schiffshorn ihres Weckers reißt Reja aus dem Sekundenschlaf. Luton Airport Parkway. Mit ihr steigen Männer in Warnwesten aus. Einer isst eine Wurst im Schlafrock. Draußen sind 33 Grad. Im Flughafen ist es wärmer. Und dann liest sie es: *DELAYED*. Jeder einzelne Flug. Eine Frau mit Klemmbrett erklärt, immer und immer wieder: Die Startbahn sei aufgeweicht. Der Asphalt schmelze. Alle Flüge verschoben, mindestens, bis es dämmere. Reja kauft sich einen Eiskaffee. Auf einem Bildschirm steht: *On this day in 2006, Fergie's iconic song* London Bridge *came out.*

*How come every time you come around*
*My London, London Bridge wanna go down, like*

Hans ist achtzehn Jahre alt. Es sind die letzten Sommerferien vor dem Abitur. Er nimmt sich ein Paar Socken aus der dafür vorgesehenen Schublade. Seine Schwester wohnt seit drei Jahren nicht mehr zuhause. Sie ist immer Hans' Vorbild gewesen. Obwohl er sie dauernd sieht, vermisst er sie an diesen stillen Vorstadtabenden, wenn der weiße Polo des Lieferdiensts das einzig Fremde ist, das in die Siedlung vordringt. Früher schauten seine Schwester und ihre Freundinnen jeden Dienstag *Sex and the City*. Fred und Hans saßen nebenan und ließen die Serie stumm mitlaufen. Weggetreten betrachteten sie Carries Manolos und lauschten dem Gelächter aus dem Nachbarzimmer. Und wenn er sie also vermisst – soll ich noch rausgehen oder bleib ich hier? –, dann schaltet er den Fernseher ein und sucht nach Carrie. Und einmal erscheint stattdessen: Nicole Richie, ihren Arm vollständig in den Arsch einer Kuh eingeführt. Paris Hilton redet ihr gut zu. *The Simple Life*.

Am Tag als die Startbahn schmilzt und die Kellnerin ihm ein neues Glas Wasser bringt, denkt Hans an den Sprudelautomaten seiner Eltern. Wie sie vor ihm stehen und die Gaskartusche aus der Tüte holen, um das C und das O zu erklären, Kohlenstoffverbindungen und –

In diesem Moment stürzt Hans' zwölfjähriges Hirn einfach ab. Immer schon hat er geatmet, und es hat ihm gefallen, und es hat etwas bedeutet, Sauerstoff nämlich. Photosynthese? Er ist zur Grundschule gegangen und in den Wald, und inzwischen geht er sogar in den Chemieunterricht. In diesem Moment aber fühlt er sich der Steinzeit näher als dem Periodensystem. Da draußen, hinter den Zäunen, wo jetzt das Pumpwerk rauscht, haben sich die Menschen am Ende der Eiszeit zum Baden getroffen. Sie wuschen sich im Groppenbruch. Und wenn ihnen kalt war, brachen sie Ruten von den Büschen und schlugen sich damit trocken. Sie sprachen über dieses und jenes. Sie aßen Haselnüsse. Sie fingen einen Auerochsen. Und erst als alle zusahen, zog eine von ihnen unter ihrer Mütze einen Diamanten hervor. Die Menschen am Ende der Eiszeit wunderten sich, er war ja so durchsichtig, der Diamant, und hart war er auch, unmöglich, aus ihm ein Mammut zu formen.

Auf dem Weg zurück in die Stadt denkt Reja daran, wie es war, als sie hier gewohnt hat. Damals verbrachte sie ihre Tage in der Bibliothek. Mäuse huschten durch die Gänge. Das Wasser kam in einem dünnen, braunen Strahl aus der Leitung. Die Dinge schienen im Zerfall begriffen. In den U-Bahnhöfen schnappten die Menschen nach Luft. Und als sie einmal den Messinglöwen gegen das blasse Violett einer Tür schlug, rieselte Mörtel auf ihren Kopf. Verließ sie die Bibliothek spätabends, sah Reja sie: die Obdachlosen, in ihren Schlafsäcken entlang der Schaufenster aufgereiht. Wo waren sie tagsüber? Der Nachtbus umkreiste die Lincoln Inn Fields, wo Büroangestellte die Mittagspause mit ihren Rassehunden verbrachten, während die mit Nylonseilen behangene Hundesitterin auf der Parkbank wartete, ein Tütchen Crisps verzehrend. Reja kannte eine solche

Frau persönlich. Sie hatte 50 000 Pfund für ein Studium der Anthropologie ausgegeben, die ideale Vorbereitung für diese Tätigkeit, die so lukrativ war, dass ihr Kredit sich wie von selbst bezahlte. Die housing crisis beunruhigte sie nicht.

Von den Fields bog der Bus rechts ab, durchquerte den Bahnhof Euston und fuhr immer weiter nordwärts, vorbei an der Baustelle am King's Cross, noch hinters Pentonville-Gefängnis. In der Tabley Road wohnten unten zwei Italiener, die bei Marks & Spencer in der Parfümerie arbeiteten. Hatte der eine Besuch in ihrer Wohnung, die ein Zimmer war, hockte der andere geduldig auf den Stufen vor dem Haus. Der Gesprächigere der beiden hieß Paolo und besaß einen unglaublichen Pikachu-Onesie aus Plüsch. Im Kellergeschoss, das die Vermietung Lower Ground Floor nannte, wuchs ein vietnamesisches Kind ohne Tageslicht auf.

Häuser, in denen sie einmal lebte: An die Ückendorfer Straße erinnert Reja sich vage. Von Fotos, klar, aber es gibt auch Bilder, die niemand von ihr gemacht hat. Reja auf der Waschmaschine, wie sie ihrer Mutter beim Zähneputzen zusieht. Auf dem Schoß ihrer Großmutter, der schnelle Glanz des Sparschälers. In der Georgstraße wohnte die adlige Alkoholikerin mit den zwei kleinen Mischlingen über ihnen. Niedlich, anders als das Schäferhundpaar, vor dem Reja einmal aus dem Treppenhaus in Miras Wohnung floh. Das Schloss war kaputt. Mira hatte keine Angst vor Einbrechern. Ihr Geld lag unter einer Tanne im Stadtgarten versteckt. Die Hunde kläfften. Reja schlug die Tür hinter sich zu und pinkelte auf den Teppichboden. In der Grenzstraße roch es im Keller nach Fleisch. Nebenan war der Kühlraum der Dönerbude. Vielleicht begann es da, dass Reja träumte, sie hätte jemanden ermordet und verscharrt, und der Geruch verriete sie. Ihre Träume sind immer realistisch. Nie geschieht es in ihnen, wie in dieser einen Lispector-Geschichte, dass der Polizist in die Grube schaut und sagt: Das macht jetzt nur Probleme. Am besten, Sie wandern nach Uruguay aus.

Diesmal fährt der Bus südwärts. Am Tower steigt Reja aus. Die Sonne brennt gestört. Eine einzelne Wolke galoppiert vorbei. Eine Oma öffnet ihren Regenschirm per Knopfdruck. Reja weicht einem Mann in zu enger Chino aus. Seine Hosentaschen klaffen. Das Wasser im Graben steht so tief wie ewig nicht. Sie denkt an die Hungersteine in der Elbe: *Wenn du mich siehst, dann weine.* Sie legt ihre Tasche aufs Band. Sie geht durch einen elektrischen Türrahmen. Die Beefeaterin nickt ihr zu.

Einmal gab es einen Bürgerkrieg in England. Die Republik wurde ausgerufen, der König hingerichtet, sein Gold eingeschmolzen. Und als sein Sohn wieder an die Macht kam, ließ er neuen Schmuck daraus machen, den Reja sich jetzt ansieht, auf samtenen Wogen drapiert. Wie machen die das bloß? Geschenkverpackungsstationen. Körperlose Hände, faltend, klebend. Der Warenhausgeschmackskonvention gnadenlos unterworfen. Schon spürt sie Trauer, darüber, dass die Warenhäuser bald nicht mehr sein werden. In der nächsten Vitrine liegt die Krone Maria von Tecks.

Dass sie nicht mit ihm verwandt ist, macht Maria zur idealen Braut für den Thronfolger. Wochen nach der Verlobung – die beiden haben sich bisher höchstens behandschuht berührt – stirbt Albert an der Russischen Grippe, die wahrscheinlich gar keine Grippe ist, sondern ein Coronavirus, das sich entlang der Strecke der Transkaspischen Eisenbahn verbreitet hat. Ostwärts aber folgt das Virus der Route der Transsib, die es damals noch gar nicht gibt.

Nach Alberts Tod heiratet Maria seinen Bruder Georg. Und so kommt sie doch zu ihrer Krone, in deren Mitte der Koh-i-Noor eingesetzt ist, der Berg aus Licht, jener Stein, den Georgs Großmutter Viktoria dem elfjährigen Duleep Singh abtrotzte, der ihn geerbt hatte, weil sein Vater Ranjit, Begründer des Sikhreiches, ihn als Gegenleistung für seine Gastfreundschaft gefordert hatte, als er Ahmad Shah Durani beherbergte, der seinerseits das Afghanenreich gegründet hatte, aber bald schon nach Lahore fliehen musste. Durani wiederum bekam ihn von seinem Großvater Nader Shah, der den Stein aus Delhi gestohlen hatte, wohin der Mogul-Führer Bubal ihn gebracht hatte, nachdem er ihn von der Kakatiya-Dynastie geraubt hatte, unter deren Herrschaft er in der Kollur-Mine ausgegraben worden war. Wer aber sind die, die ihn ausgegraben haben?

Am Tag als die Startbahn schmilzt, dreht Hans ziellos Runden durch die Stadt. Vor der Siegessäule schickt er Jean ein Selfie. 2014 liegen sie im Park vorm Pressehaus unter Brâncușis Stele. Über den vielen kleinen Bögen, deretwegen sie irgendwie entrüstet aussieht – als stemmte eine Assel jeden ihrer Füße in die Hüfte –, spannt sich eine tropische Nacht. Sie sind besoffen und begreifen, dass alles natürlich ist. An und Aus, Eins und Null, mit den Händen an den Wänden: sich etwas so lange vorstellen, bis es wirklich wird, in der Höhle und im Telefon.

Bei der Deutschen Oper weichen Kinder kreischend dem Wasserspiel aus. Vielleicht, weil es ohnehin nackt ist, hockt sich eines von ihnen hin, abrupt und entschlossen, und scheißt zwischen zwei Fontänen. Hans versucht, sich an den *Ritt der Walküren* zu erinnern, aber er kennt nur das Motiv. Als er danach suchen will, sieht er Reja in der Abflughalle. Sie schreibt, sogar die Gleise drohten zu schmelzen. Das Hoch, das gerade über den Ärmelkanal zieht – Hans glaubt, es schon fühlen zu können.

Reja steigt die Treppe hoch zum Pier, der über die Themse führt, eingeklemmt zwischen zwei großen Brücken. Die eine hat Fergie fälschlicherweise in ihrem Video gezeigt, über der anderen lösen sich gerade blaue Flaggen im Himmel auf. Eine Uiguren-Demo. Im schiefergrauen Glas des Shard spiegeln sich die Gestirne. Es werden immer mehr. Milchstraßennächte. Stromausfall. Ihr Vater, der die Taschenlampe kurbelt. Er ist überglücklich über diesen Kauf. Auf Gaze regungslos ein dicker Falter. Das Muster auf seinen Flügeln wie eine lang nicht gekärcherte Kathedrale. Reja schreckt zurück. Ein Schmetterling enthält die Seele eines Toten. Und im Himmel, wo sie die Toten bis jetzt vermutet hat, bilden unzählige Pixel die Schlieren jener vergossenen Milch, über die zu weinen sich verbietet. Andromeda soll geopfert werden, wie alle Töchter, um die Hybris ihrer Mutter zu sühnen. Sie wird dem größten, dem wildesten Meerestier zum Fraß vorgeworfen, nur dass Perseus sie, natürlich, in letzter Sekunde rettet und das Tier ersticht. Wen aber ersticht der Shard? Sind es wirklich Wolken, an denen er da kratzt? Oder bohrt er sich nicht eher in das Herz der Stadt, die sich nun, allmählich zu Staub zerfallend, als das entpuppt, was sie schon lange war: untot nämlich. Das Gebäude gehört der katarischen Herrscherfamilie, die ein Unternehmen ist und ein Staat.

Das Jahr 2003. Fred und Hans sitzen unter dem Dach einer Shell und trinken Desperados. Die Königin der Niederlande verdient an jeder Flasche. Die Königin der Niederlande ist noch reicher geworden, Golfkrieg, Börsenkurs. Weil es gefährlich ist, an Zapfsäulen zu rauchen, laufen die beiden zur Waschstraße. Fred zeigt Hans eine Zeugin Jehovas. Ihre Tochter hat ihm geraten, die Schule abzubrechen. Er arbeite doch gern mit den Händen. Warum hat Hans nie daran gedacht? Er wünschte, sie hockten in Mexiko, in einer anderen Steppe, nach der Enteignung von Shell. Was unterscheidet die Enteignung von der feindlichen Übernahme?

Zuhause sagt seine Mutter: Der Groppenbach trocknet aus. Im Radio seit einem Jahr dasselbe Lied. *Telefon, Gas,*

*Elektrik, unbezahlt, und das geht auch.* Dann fasst der Sprecher den Sommer zusammen: Die ungewohnte Hitze hat das Matterhorn geweckt. Noch weiß niemand, wie sich der 4478 Meter hohe, labile Felsturm weiter verhalten wird.

Am King's Cross steigt Reja um. Wo zuletzt die Baustelle war, ist jetzt so eine Art Fußgängerzone, mit Läden, Bäumen, Bänken. Das alles sieht ziemlich öffentlich aus, doch es befindet sich in Privatbesitz. Wer hier negativ auffällt, kriegt nicht mit der Polizei zu tun, sondern mit Sicherheitsleuten. Wer hier demonstrieren will, muss eine Firma um Erlaubnis fragen, und sie wird nein sagen.

Auf der anderen Straßenseite sitzt Justin Welby mit heftigen Kopfschmerzen in einem Konferenzraum. Der ehemalige Manager und jetzige Erzbischof von Canterbury ist gefangen zwischen ungenießbaren Häppchen und noch schlimmeren Keynotes. Es geht um major global crises. Als die Sekretärin ihm Kaffee einschenken will, hebt er abwehrend die Hand. Ihm ist nicht gut. Obwohl der Raum eiskalt ist, schwitzt er.

Das Jahr 1989. Nach dem Unfalltod seiner Tochter ereilte Welby der Ruf Gottes, und jetzt – kann er nicht länger widerstehen. Er will kein Erdöl mehr verkaufen. Ein letztes Mal steigt er in Port Harcourt ins Flugzeug. Er verabschiedet sich vom Petroleumduft, den lecken Rohren. Adieu, ihr Mangroven! Das mächtige Wurzelwerk, schwarz lackiert, wie futuristische Gartenmöbel. Unten schrumpft das Nigerdelta. Seine glänzenden Adern. Die Stewardess reicht ihm einen Tomatensaft, den Welby prompt verschüttet. Er beschließt, dieses Hemd nie wieder anzuziehen.

Das Jahr 1993. Welby wird zum Priester der anglikanischen Kirche geweiht. Er glaubt an Feuerzungen, an göttliches Geschick, Apokalypse. Um seinen alten Arbeitgeber, den französischen Staatskonzern Elf Aquitaine, steht es schlecht. Korruption, Spionage, Menschenrechtsverletzungen. Die Kollegen verlassen das sinkende Schiff. Ein Prozess liegt in der Luft. Und Welby preist den Herrn.

Das Jahr 2005. Justin Welby wird, kraft seiner einschlägigen Erfahrung, nach Nigeria berufen, um zu vermitteln zwischen Shell und den Ogoni. Diesmal trägt er Talar. Vergebung ist sein Ziel. Am Vorabend des Treffens steht er am Pool in Lagos. Einen Hibiskuseistee in der Hand geht er zum Beckenrand. Das Wasser ist verwirbelt. Er kann den Grund nicht sehen. Schon komisch. Er beugt sich näher ran, und dann – schlägt eine Flosse raus, glatt und grau, die Tröpfchen stieben hoch, regnen auf ihn, und als das Tier wieder abtaucht, wird er fast mitgerissen, stolpert. Sein Glas fällt in den Pool und färbt das Wasser rosa. Er ist allein.

Im Konferenzraum schlägt er ein kleines Kreuz auf seinem Oberschenkel. Der Speaker hat ein Handout vorbereitet. Zwölf Hände berühren den Stapel, bevor auch Welby danach greift.

Am Tag als die Startbahn schmilzt, radelt Hans zur Tankstelle. Er nimmt einem Prius die Vorfahrt. Der Fahrer sagt etwas durchs offene Fenster. Sein Mund bewegt sich, während die Platanen über ihm schwanken. Hans holt eine Flasche Desperados aus dem Kühlschrank. Weil sie in Den Haag zu Schadensersatz verurteilt wurde, ist die Shell nach London gezogen. Obwohl sie das Royal Dutch aus dem Namen gestrichen hat, behält die Königin der Niederlande ihre Aktien. Es gibt noch so viel Gas in Nigeria. Die Türen öffnen und schließen sich. Eine Rentnerin reißt ein Capri auf und isst es in drei Bissen. Bald werden sie die Beninbronzen zurückgeben. Es hört alles nicht auf. Hans tritt in die Pedale.

Die Menschen am Ende der Eiszeit finden Erz im Flussbett, in den Auen des Rheins. Fürstentümer entstehen. Der Arbeitstag und die Sünde. Irgendwo da, in einem dieser elenden Käffer, bauen sie Schmieden, in Pulheim zum Beispiel, Ort des Schreckens, wo Hans' Großmutter als Kind im Kartoffelacker wühlte und sich vornahm, fortzugehen von hier. Und so geschah es. Eines Abends an der Bushaltestelle lernte sie Hans' Großvater kennen, und sie zog mit ihm in die ESSO-Siedlung, wo die Schlosser und Mechaniker der Kölner Erdölraffinerie lebten, die in Wahrheit eine amerikanische Erdölraffinerie war: ESS-O, Standard Oil. Identisch geschnittene Wohnungen in identischen Wohnblocks. Jedes Mal, wenn Hans' Großmutter nach Pulheim fuhr, um ihren Bruder zu besuchen – Horst, den jüngsten, den einzigen, den sie noch liebte dort –, jedes Mal, wenn sie die Stadtgrenze überquerte, wurde ihr aufs Neue klar, dass sie gerade noch rechtzeitig den Absprung geschafft hatte. Im Garten verrostete ein alter Ford.

Einmal lag eine tote Katze auf der Ladefläche. Ihre Mutter goss Horst heimlich Korn in die Fanta. Sie zerstörte ihn. Das war die Wunde Pulheim, und Hans' Großmutter weinte noch, als sie zuhause war, in Köln, in ihrer Trutzburg. Die Geranien auf dem Balkon, rot wie ihre Nägel. Ihr toupiertes Haar. Das Opium in der Sichtglasvitrine und Hans, der manchmal daran roch, bei Douglas, wenn er Heimweh nach ihr bekam.

Er selbst kannte Horst nur trocken. Mit ihm und seinem Dackel spazierte er am liebsten durch die Felder. Nirgendwo sonst konnte man so weit gucken. Sie sprachen nicht viel, manchmal erklärte Horst ihm die Pflanzen, von denen keine größer war als sie, weil die Wälder am Niederrhein gerodet worden waren, vor langer Zeit, in der sogenannten Neuzeit. In Rödingen sprach Horst von Arnold von Arnoldsweiler. Der war um den Hambacher Forst geritten und hatte ihn so vor der Abholzung bewahrt. An einem Baum erinnerte ein Schild an Dürers Durchreise. Sie liefen weiter, bis zum Tagebau, bis ganz zum Rand, und schauten in den Canyon. Alles wegbaggern, dachte Hans, und die Kante zum Nationalpark machen. Zeltplätze für holländische Abenteuertouristen. Geführte Touren durch den Abgrund, von indigenen Rheinländern mit Bauhelm organisiert. Vögel, die ihre Schnäbel in Pfützen befeuchten. Die Geburt eines neuen Gewässers. Noah lässt zwei Groppen frei. Nach und nach breitet sich das Leben in der Tiefe aus. Die Touristen genießen die Aussicht. Sie befinden sich auf einer Hochebene über einem wilden, zerklüfteten Tal.

Horsts Lieblingslied war Dolly Partons *9 to 5*. Er hörte es in Dauerschleife, immer schon, morgens in der Gärtnerei, und auch, wenn er nachhause kam, zurück in sein Elternhaus, aus dem er niemals ausgezogen war. Bevor er trank, roch er an seiner Limo. Er hatte geschafft, was in seinem Song beschworen wurde, mit dem Unterschied, dass der Boss aus Dollys antikapitalistischem Kapitalismushit seine tote Mutter war.

*In the same boat with a lot of your friends*
*Waitin' for the day your ship'll come in*
*And the tide's gonna turn*
*And it's all gonna roll you away*

Es ist nichts Gutes mehr passiert in Pulheim seit dem Mittelalter. Da wurden sie gebaut, die Schmieden. Weiß glühendes Metall. Gesellen, die so aussahen wie Fred in jenem schicksalhaften Sommer, als sein Vater ihn ins Stahlwerk schickte. Rotgebrannte, blonde Hänflinge stellten hier Messing her. Und dieses Messing war sehr gut, berühmt sogar. Sie gossen es in Ringe. So wurde es zur Währung. Damit kauften dann die Portugiesen dem Königreich Benin die frisch Versklavten ab. In Benin City schmolzen die Meister die Ringe wieder ein, um die ihrerseits berühmten Bronzen daraus herzustellen. Für den Herrscher nur das Beste. Hat ja auch lang gehalten. Also die Bronzen. Ihre Geschichte aber, das, was sie erzählten, ist verloren. Die Art und Weise, wie sie zueinander standen, gab die Geschichte eines Volkes wieder. Sich erinnern, das heißt auf Edo wörtlich: ein Motiv in Messing gießen. Die Anordnung ist weg, zerstört durch Diebstahl. Fing die Zerstörung nicht aber früher an? In New York gibts Leute, die das sagen. Dass die Bronzen denen zustehen, die den Schaden trugen, deren Ahnen der Erlös waren für das Material.

Hans hält vorm Humboldt-Forum. Hier, denkt er, hier an dieser Stelle, die erst Parade-, dann Parkplatz wurde und endlich zu dem Wurmloch, das das alte mit dem neuen Schloss verbindet, indem es das, was da war, wegfrisst wie die Larve ihren Apfel – hier verpuppt sich Preußen. Und auf der Kuppel dieses Schlosses steht wieder, was vor hundert Jahren schon mal da stand:

*Dass in dem Namen Jesu sich beugen sollen aller derer Knie, die im Himmel und auf Erden und unter der Erde sind.*

Mit der Rolltreppe nach Amerika. Figuren aus Mexiko, Peru, Kolumbien und darüber zwei Sätze, die Dürer sich aufgeschrieben hat, in Brüssel, als er ihn sah, Moctezumas Schatz, an einem Samstag.

*Ich hab all mein Lebtag nichts gesehen, was mein Herz also erfreuet hat. Denn ich hab darin gesehen eine wunderliche Kunst und hab mich verwundert der subtilen Ingenia der Menschen in fremden Landen.*

Cortés aber kanns nicht ertragen, das Neue, das er noch nicht kennt. Das Neue ist anmutig und nimmt seinen Männern jeden Mut. Der See, in dessen Mitte Tenochtitlán aufragt, macht sie zu Träumern. Ständig liegen sie am Ufer und beobachten die Vögel, ihr gelogenes Gefieder, das leuchtende Grün. Nie sieht die Stadt aus wie am Vortag, weil ihre Viertel um sie kreisen. Das hier ist das Schönste, was sie je gesehen haben. Nein, sie halten es nicht aus. Und da roden sie die Wälder, an den Hängen des Tals von Mexiko, um Boote zu bauen, aus denen sie die schwebenden Vororte angreifen wollen, die sogenannten Chinampas.

Zur selben Zeit ist es Tag in Antwerpen. Zur selben Zeit liegt Dürer dort mit Schüttelfrost im Bett. Seine Finger zittern, die Stirn glüht. Ist das Malaria?, fragt sich der Patient Albrecht Dürer und sinkt in den Schlaf. Er sieht einen Walkadaver, aufgedunsen vom Gas. Über den abgenagten Rippen des Wals wabern Mücken. Dürer hätte nie dorthin reisen dürfen, in die Dünen von Zeeland, die Sümpfe sind. Er sieht eine goldene Sonne und einen silbernen Mond. Sich selbst sieht er und eine Stadt, die auf dem Wasser liegt. Aber worauf, flüstert Dürer, liegt sie wirklich?

*Auf Schilfrohr, welches im See schwimmt und sich mit Fadenalgen und abgefallenen Blättern vermischt ... Gräser oder Wassersalat setzen sich von selbst darin fest und lassen allmählich ein Erdreich entstehen. Man wird nicht müde, diese kunstvolle Einrichtung zu bewundern, man glaubt sich nach Zeeland versetzt!*

Doch damit ist jetzt Schluss, nach der Eroberung Tenochtitláns. Cortés will Ordnung und eine ordentliche Landwirtschaft an Land, also beschließt er die Trockenlegung der Seen. Und als er abgerissen ist, der Palast der Azteken, werden die Kanäle zugeschüttet, und aus den Steinen, die übrig sind, wird ein neuer gebaut an alter Stelle. Dort, wo Cortés den Grundstein für eine gotische Kathedrale legt, kugelten abgeschnittene Köpfe die Treppen des großen Tempels hinab. Dort, wo er am Tisch sitzend Rechnungsbuch führt, befand sich die Schatzkammer Moctezumas. Manchmal, wenn die Konquistadoren durch ihre Stadt spazieren, vermissen sie das Zauberreich, das sie zerstört haben.

Auf Höhe des russischen Konsulats biegt Reja in den Park. Der Ladies' Bathing Pond ist ein umwaldeter Teich. Sein Grund ist unsichtbar. Hinter den Baumkronen ragen vereinzelt Hochhäuser hervor. Der Eintritt beträgt ein Pfund. Man legt ihn in eine Spardose. Eine Gärtnerin schneidet Rosen. Die Sehnen auf ihren braungebrannten Unterarmen. *Den Körper in seiner Gesamtheit empfinden. Keinen seiner Teile bevorzugen unter dem Vorwand, er sei einst Gegenstand eines Verbotes gewesen.* Erst wenn das Verbot vergessen ist, tritt die Freiheit ein. Wie aber ist sie zu schützen, wenn sich niemand mehr erinnert? Reja macht ein paar hastige Züge. Das Wasser ist eiskalt. Zwei Frauen in geblümten Badekappen schwimmen an ihr vorbei. Ein Fischreiher sieht sie an. Wie wird das Wilde zahm? Sie trocknet sich nicht ab. Sie fühlt sich wächsern, abweisend irgendwie.

Ein Kindergeburtstag spielt Blinde Kuh. Oder doch nicht? ALLEN Kindern sind die Augen verbunden. Sie tapsen durchs Gras, fangen sich, fangen sich nicht, taumeln. Sie fassen einander an den Schultern. Sie sehen aus wie die vom Senfgas geblendeten Soldaten in diesem einen Bild. *Gassed.* Ihre Kameraden liegen tot am Boden. Sie bilden einen menschlichen Tausendfüßler, der ins Lazarett krabbelt, wo man ihn untersuchen wird, seine Haut, sein Blut. Denn diese jungen Männer tragen ein absolut neues Gift in sich. Es verlangsamt die Teilung ihrer Zellen, was SIE einmal töten wird und Millionen andere retten. Victims, nicht sacrifices. Die Chemotherapie kommt aus den Schützengräben, wie alle coolen Sachen.

Die Kinder werfen sich kreischend aufeinander. Das Gras dampft. A bumblebee, ruft eines, und die anderen weichen zurück. Reja überprüft die Homepage des Flughafens.

Am Tag als die London Bridge fällt, sitzt Hans im Bordbistro. Er bestellt Pfefferminztee. Er schaut so lang auf das Bild vor ihm an der Wand – einen schräg fotografierten, im Nichts aufgestellten Bilderrahmen mit alpinem Motiv –, dass er sich einzubilden beginnt, schon einmal dort gewesen zu sein, in dieser Berglandschaft. Ihm ist, als schaute er von dort zurück in den Zug. Als würden seine Turnschuhe nass vom Tau, als dampfte sein Tee im Display, wo die Kellnerin einen leeren Waggon bedient. Er schießt ein Foto, zieht die im Morgenlicht glänzende Almhütte groß und schickt sie seiner Schwester.

Kurz darauf schiebt er seine Nichte durchs Kreuzviertel. Vor den sanierten Altbauten machen Freiberufler Mittagspause. Am Ende der Straße ragt das Stadion auf. Hast du schon gehört, sagt seine Schwester, das Chaos ist abgebrannt. Im Café Chaos, einem Fachwerkhaus, das im Vorort wahlweise als Schandfleck oder letzte Bastion gegolten hat, ist Hans achtzehn geworden. An der Fassade ein Banner: *WÜRDEN WAHLEN WAS ÄNDERN, WÄREN SIE VERBOTEN.*

Am Tag als die London Bridge fällt, verlässt Reja das Haus beinah nicht, und dann doch: Das Abendlicht bricht rosa durch die Wolken wie die Speere eines Heiligenscheins.

Zur selben Zeit wird es hektisch auf Balmoral Castle. Die Kammerdienerinnen haben der Toten ein Mulltuch um den Kopf gebunden, ziemlich fest, fester, als sie die Queen zu Lebzeiten je angefasst hätten. Es fixiert den royalen Unterkiefer, damit er nicht offen steht, wenn die Leichenstarre einsetzt. London Bridge is down. Das ist der Code-Satz, der alle Protokolle anstößt, die mit dem Tod von Elisabeth II. in Verbindung stehen. Die Operation London Bridge läuft seit vielen, vielen Jahren. Und jetzt klingelt Justin Welbys Telefon.

Als Reja aus dem Nagelstudio tritt, ist es dunkel. Ihre Spiegelung im Schaufenster sieht falsch aus. Als fehlten ihr drei Jahre. Sie betrachtet den schmalen, goldenen Ring an ihrer Hand und kommt sich unglaubwürdig vor. Ein Mädchen meidet die Ritzen im Pflaster. Karstadt wirbt damit, dass alles rausmuss. Mitarbeiter hinter Glas, schummrige Sicherheitsbeleuchtung. Letzte Handgriffe, dann Feierabend. Als Kind versteckte sich Reja oft in den Drehrondellen, zwischen der Damenmode, als könnte sie, wenn sie nur zum hohlen Kern der Apparatur vordränge, in Kleidern vergraben, auf eine andere Seite gelangen. Das Wort mall heißt Sehnsucht, oder Ware.

Bei Hugendubel steht eine Hüpfburg. Der Motor liegt hinter Eisenriegeln verschlossen. Dass noch niemand das Ding abgestochen hat. Die Kinks der Serienmörder: das Gefühl, etwas oder jemand gäbe nach. Ein seltsamer Friede liegt über der Wilmersdorfer Straße. Vor dm schreit ein Rumäne ins Telefon. Reja stellt ihn sich vor, 91, 92, 93. Wie er mit leuchtenden Augen vor der Wursttheke steht. Im Baumarkt. Bei C&A. Wie er sich vor den Kunden in der Pizzeria als Italiener ausgibt. Sehnt er sich nach dem Deutschland, das er damals vorgefunden hat? Das ihn ausgepresst hat und das auch er auszupressen versucht hat? Nach dem Land, das nie wieder sein wird – auch wenn es jetzt gerade genauso aussieht wie damals, jetzt, in der Abendstille, das Fahrradfahrverbot ist aufgehoben, und die Politessen liegen längst, ihr Graubrot verdauend, vor dem Fernseher –, sehnt er sich nach dem Deutschland, das nicht zuletzt seinetwegen nie wieder sein wird? Er ist beteiligt gewesen an der Herstellung des anderen, und trotzdem wünscht er sich, er wäre der letzte Ausländer, den sie aufgenommen hätten, die Zeit wäre stehen geblieben, es wäre alles ganz genauso wie damals, als er fünfundzwanzig Jahre alt war, auf dem Höhepunkt seines Lebens, stark, gesund, unaufhaltsam. Als er sich vornahm, 50 000 Mark zu sparen, und er sparte sie. Ist er von Amnesie befallen? Die Wehen raffen sich im Rückblick, und der klitzekleine Moment, wenn sie dir den Säugling auf die Brust legen, obwohl sie ihn ja gleich wieder wegnehmen, zum Wiegen, Untersuchen, Sauberwischen, dieser Moment ist ewig lang in der Erinnerung.

Vor der Metzgerei spielt ein Mann das Saxophon-Intro von *Careless Whisper*. George Michaels erstes Konzert in China zählt zu den schönsten Videos auf Youtube. Ein User schreibt, Michael habe den Song verfasst, als er siebzehn Jahre alt war.

Als Reja siebzehn war, besuchten Mert und sie die Gesamtschule. Ihre Mitschülerin Yvonne lebte damals vor, was heute Hustle heißt. Das Klackern ihrer Gelnägel auf der REWE-Kasse. Der Nachhilfeunterricht, den sie gab. Und natürlich die Tanzstunden. Eine Knieverletzung hatte, wie in Gelsenkirchen üblich, ihre Profikarriere verhindert. Yvonnes Vater war Tage vor dem Fall der Mauer in einem umgebauten Kofferraum nach Westen geflohen und wählte seitdem die NPD. Seine Tochter färbte sich die Haare dunkelbraun, ging zwei Mal die Woche ins Solarium und datete ausschließlich Araber. Der letzte, an den Reja sich erinnert, war Hammoudi. Die beiden verboten einander das Ausgehen, und Yvonne zwang ihn, sich den Rücken zu rasieren.

Heute wohnt Yvonne anderswo und verkauft Immobilien. Als Fitness- und Motivationsinfluencerin vertreibt sie außerdem Nahrungsergänzungsmittel der Marke Herbalife. Das letzte Mal hat Reja in Bolivien an sie gedacht.

Das Jahr 2019. Herbst auf der Südhalbkugel. Der Billigflug von Madrid ist voller heimwehkranker Auswanderer und Rucksacktouristen. Am Flughafen Viru Viru schält Reja sich aus den Kompressionsstrümpfen. Dass sie die Neue Welt ausgerechnet hier zum ersten Mal betreten würde, hätte sich wohl keiner ihrer Ahnen träumen lassen. In der Ankunftshalle lächelt Papst Franziskus auf sie herab. Unter seinem gütigen Blick putzen zwei Mennonitinnen ihren Kindern die Mundwinkel. Im Taxi dann zieht die Peripherie in Gestalt eines Industriegebiets vorbei. Einen ewig langen Flachbau ziert das Logo von Herbalife. Hier fällt sie Reja ein: Yvonne. Die Perlschnur ihrer entblößten Zähne, wenn sie von ihrer Açaí-Bowl schwärmt. Aus den Lautsprechern einer Bäckerei dröhnen Opernarien, wie sie zur Vertreibung von Obdachlosen eingesetzt werden. Reja fotografiert das Revolutionsdenkmal. Sie ist hier, um über ein Theaterstück zu berichten.

Das Jahr 2005. Im Chaos also wacht Hans auf. Ihm geht es gut, er ist verkatert. Durch die Fenster scheint die Sonne. Neben ihm liegt Fred. Sie greifen das Geländer der Treppe, die Hans Stunden zuvor noch hinabgestürzt ist. Er ist gestolpert. Er ist geküsst worden. Und jetzt stemmt Fred sich gegen die Brandschutztür, und sie riechen die Emscher. Immer schon hat Hans sich vorgestellt, die Ausdünstungen des Flusses hingen nur knapp über dem Boden, als könnten sie unmöglich höhere Luftschichten erreichen.

Die Trinker im Park sprechen von einem Hurricane. Sie hocken auf der Stufenpyramide, die steil ist und hoch und allen Alkoholikern des Vororts gewidmet. Sie schieben die Goldfolie von ihren Kronen. New Orleans, sagt einer, wird in diesem Moment evakuiert. Noch zieht der Sturm über den Golf von Mexiko, doch morgen schon wird er die Sümpfe Louisianas durchpflügen und seine Flutwelle nur deshalb nicht schwächer werden, weil BP dort alle Sumpfzedern hat roden lassen. Die anderen nicken. Ja, sagen sie, Katrina, sagen sie, schon jetzt gehen die Mietwagen aus.

Am Tag als die London Bridge fällt, steigt Hans aus dem Rhein-Emscher-Express. Dort, wo man die Pyramide abgerissen hat, setzt er sich auf eine Bank. Mengede ist jeder Vorort, überall, schreibt er. Sein Telefon korrigiert ihn: Mengele. Das Lallen der Trinker. Wo treffen sie sich jetzt? Sind sie umgesiedelt worden, wie die Bewohner von New Orleans? Hans deaktiviert die Ausrichtungssperre. Er sucht *hurricane season 2005*. Auf der Insel Cozumel machen die Menschen sich bereit. Sie stapeln Sandsäcke und verrammeln Fenster. Wie Sportler, die sich auf der Konsole so oft selbst gespielt haben, dass ihre Gesten von den programmierten ersetzt wurden. Das letzte Schiff läuft aus. Gesichter im Close-up. Als der Wind sich gelegt hat, treten manche raus in den Regen. Sie waten durchs Wasser, inspizieren die Schäden. Dann klart es auf. Doch wohin die Bewohnerinnen auch blicken, umgibt sie weiß und konkav eine Wand. Cozumel ist im Auge des Sturms verschwunden.

Als George Michael *Careless Whisper* in Peking singt, ist er einundzwanzig Jahre alt. Als Reja einundzwanzig Jahre alt ist, zeigt Viktoria ihr das Video. Sie übernachtet bei Reja, der Zentralheizung wegen. In Viktorias Haus wohnen lauter nette Leute, die das Arbeiten vermeiden. Nur der Typ nebenan ist ein irrer Nazi. Nachts randaliert er auf der Treppe und hinterlässt völkische Parolen an den Wänden. Viktoria schläft mit dem Feuerholzbeil unterm Kissen. Sie ist eine extrem gute Ladendiebin. Sie hat ein

Engelsgesicht und eine natürliche Autorität. Sie ist unvoreingenommen bis zur Unzumutbarkeit. Es geschieht öfter, dass Viki sich mit einem Penner so anfreundet, dass sie den Mann nicht mehr loswerden, und wenn er dann ausfällig wird und jemandem an den Arsch greift, ist sie jedes Mal tief enttäuscht. Reja weiß, dass sie nie so wird sein können – so: unerschrocken, schamlos, ehrlich.

Ihre Freundschaft endet eines Herbsts auf dem Bordstein zwischen Schatzinsel-Späti und diesem einen Altkleidercontainer. Sie trinken Limonade. Reja wischt ein paar Tabakkrümel von den tropischen Blüten auf ihrer Jogginghose. Einen Moment ist es ganz still. Viktorias Shorts rascheln. Fësh-fësh. Über ihrer Muschi steht in grün unterlaufener, enger Frakturschrift: *DEIN*. Obenrum ist sie ein völlig anderer Mensch. Lange, rote Locken, Kaschmirpullover und, kaum merklich, etwas weißer Kajal am unteren Lidrand.

Reja hat vor Monaten jemanden kennengelernt. Das mit der einmaligen Sache hat Viki von Anfang an nicht so ganz geglaubt. War ja klar, sagt sie und schaut Reja erwartungsvoll an. Die will ihrem Urteil vorauseilen, das Erlebte ins beste aller Lichter rücken. Und Viki – studiert ihre Atempausen auf der Suche nach einer Abweichung. Nach Schwäche.

Viktoria hat so eine Art, immer schon vorher Bescheid gewusst, das Richtige stets als Erste erkannt zu haben. Manchmal zuckt Reja darunter zusammen. Als sei sie transparent für Viki, viel leichter zu deuten als die sächsischen Penner. Als bedeute Freundschaft gar nicht, das Unauflösliche tausendmal zu besprechen, bis es unter dem Druck der Worte zu zerfallen begänne: War ja klar. Als wäre der Knoten, um den es geht, gar nicht vorhanden, nur – da ist er ja. Rejas Finger gleiten darüber, in nervösen Momenten, wie über neue Mädchenbrüste, nein, es ist ja immer nur die eine, wie über Nacht entstanden. Im Stockbett liegen und an die Decke starren. Fest auf den Knubbel drücken, unter der Haut, unter der seltsam puffeligen Brustwarze. Es ragt aus dir heraus. Das Stuckimitat aus Styropor trägt die Spuren deiner Fingernägel.

Am Tag als die London Bridge fällt, regnet es in Berlin. In der S-Bahn scrollt Reja durch Tiktok. Aus Wasser, Zucker und Piniennadeln kann man Limonade herstellen, die, drei Tage lang luftdicht verschlossen, zu sprudeln beginnt. Sie denkt an Ismails Fersen. Dort, wo er sie in den Wüstensand drückt, entspringt ein Quell. Und Mutter und Kind stillen ihren Durst, und Jahrtausende später tun Viki und Reja es ihnen nach, Biozisch Blutorange, Demeter-Qualität. Und während sie also da auf dem Bordstein sitzen, sieht Reja sich selbst, von außen, den Blick etwas zu hoch gehängt, wie aus der Streetview-Perspektive, sieht sich, wie sie ausweicht, an der Zigarette zieht, ausbläst, zögert. Und ihr wird mit einem Schlag klar, dass sie Viktorias Ironie fürchtet. Dass sie ihr das Schöne madig macht. Dass sie das schöne Ding schützen muss vor Viki. Dass es überhaupt ein schönes Ding gibt. Dass sie jetzt gar nicht sagen will, wer hier welchen Move gebracht, wer wem was gelutscht hat. Dass sie sich in Hans verliebt hat.

Es ist einer dieser seltenen New-Life-New-Me-Momente. Es ist, wie der erste Tag nach den Sommerferien nie wurde, egal wie sehr Reja es sich wünschte: ihre Gelegenheit, die zu werden, für die sie sich hält. Absolut unmöglich, diese Frau zu vereinen mit derjenigen, die gerade eben noch hier gesessen hat, wie all die Male zuvor, Vikis größeres Weltwissen akzeptierend, ihr feines Lächeln gelten lassend. Wird Viki neu werden, sie neu sein lassen? Eine andere Viki, aus der alten schlüpfend wie eine Zikade aus ihrer abgetragenen Haut, scheint absolut unvorstellbar. Sie legt es darauf an, ehern daherzukommen, unangreifbar. Reja weiß nicht, warum. Sofort schämt sie sich. Hat sie das alles schon die ganze Zeit gedacht?

Viktoria merkt natürlich, dass sich etwas verändert hat. Sie überschlägt die Beine in die entgegengesetzte Richtung. Fësh-fësh. Zum Abschied umarmen die beiden sich komisch. Danach sehen sie sich nie wieder.

Das Jahr 1519. Als die Konquistadoren um Cortés auf Cozumel landen, erfahren sie von zweien, die infolge eines Schiffbruchs seit Jahren unter den Maya leben. Der eine ist Franziskaner, der andere ein Seemann namens Gonzalo Guerrero. Der eine hat sich, Gott zu Ehren, entschieden, Sklave zu sein, der andere eine Familie gegründet. Der eine betet noch immer für seine Rettung, der andere riet den

Einheimischen von Anfang an, die Spanier als Feinde zu betrachten.

Zur selben Zeit steht Cortés' Cousin Francisco Pizarro auf der Landenge Panamas und blickt auf den Pazifik, der da noch nicht Pazifik heißt.

Zur selben Zeit ist es Nacht in Nürnberg. Zur selben Zeit hofft Dürer dort, in der Albrecht-Dürer-Straße 39, dass er weiter seine Rente kriegt von Karl. Doch der hat Geldsorgen. Um nämlich zum Kaiser gewählt zu werden, muss er all jenen Fürsten was zahlen, deren Stimmen er will. Früher hat man nur verteilt, was man schon hatte, denkt Karl, Gebiete, Komplimente, Titel, denkt er, naja das Mittelalter ist vorbei, da kann man nichts machen. Also schreibt er einen Brief an den reichsten Mann der Welt: Lieber Jakob Fugger, bitte sei so gut und leihe mir – Karl unterbricht sich, er hat keine Lust zu überschlagen, was ihm fehlt. Karl kann kein Einmaleins, kein Kosinus. Er rechnet nicht so gern. Er liest viel lieber.

*Sein Kopf bevölkerte sich mit dem, was er in den Büchern fand, mit Verzauberungen und Turnieren, mit Schlachten, Fehden, Blessuren, Liebesschwüren, Amouren, Herzensqualen und anderem abwegigen Unfug. All das nistete sich so fest in seinem Geist ein, dass ihm das Lügengebäude der phänomenalen Phantastereien, von denen er las, ganz unverrückbar wurde und es für ihn auf Erden keine wahrere Geschichte gab.*

*Guilty feet have got no rhythm*, singt George Michael also, in der Bar all'Italiana in Santa Cruz de la Sierra, Bolivien, als Reja vom Klo zurückkommt.

Wie lange braucht man eigentlich von Zürich nach Athen?

Harry ist Schauspieler und Anarchist. Und deshalb arbeitet er als Tagelöhner in der Zinnmine von Potosí, im Zentrum des Landes, dort, wo einmal die größten Silbervorkommen der Welt lagen, wo heute weniger wertvolles Metall, wo der letzte Rest geschürft wird, dieser eine, allerletzte Schluck im Tetrapak, der eigentlich unabpressbar ist. Vale un Potosí sagt man, seit Quixote von der Mine sprach, wenn man meint, dass etwas ein Vermögen wert ist. Als sie eröffnet wurde, war die Schwerkraft unbekannt. Die Dinosaurier auch. Die kopernikanische Wende war noch nicht vollzogen. Es war eine andere Welt, es war dieselbe. Der Geruch des Dynamits. Schreie, die durch Gänge wabern, weil kein Platz für ein Echo ist. Harry sammelt Beweise. Die Menschen sollen erfahren, was unter Tage passiert.

Du musst verstehen, sagt er, eigentlich ist ganz Bolivien eine Mine. Ein von Bergen durchzogenes Bergwerk. Wälder und Gruben. Wem aber gehören die Rohstoffe? Dem Staat? Den Unternehmen? Gehören sie mir oder dir? Er demonstriert den Konflikt mit Hilfe des Zuckerstreuers und eines Feuerzeugs. Oder hätten wir sie nicht dort lassen sollen, wo sie lagen? Lagen sie nicht gut da? Du musst verstehen – er sieht sie an, nicht wirklich überzeugt, dass sie verstünde –, im Salzsee von Uyuni liegen unglaubliche

Mengen Lithium. Unglaublich, aber nicht unendlich, natürlich nicht. Gleißendes Weiß, so weit das Auge reicht. Man kann nicht lange reinschauen, sonst erblindet man. Die Landschaft wehrt sich gegen deinen Blick – Reja schaut in die ausgekreuzten Augen des Nirvana-Logos auf Harrys Brust, auf die Pinselspitze seines Zopfes, die zwischen diesen Augen baumelt, als könnte sie jeden Moment ein Fadenkreuz zeichnen –, und nachts wird es kalt, so kalt, als wäre das Salz Eis. Aus diesem Stoff sind die Träume der Zukunft. Akkumulatoren, verstehst du? Die Arbeiter heben Verdunstungsbecken aus. Die Sole konzentriert sich. Sie wird immer weiter getrocknet, und dann, dann muss man die Salze trennen. Darum geht es. Wer löst auf und wer wird aufgelöst. Und worin?

Das Jahr 1525. Häretische Bauern tragen in Memmingen ihre Forderungen vor. Sie argumentieren mit der Bibel, sie wünschen sich, dass alles endlich wird, wie es geschrieben steht: Wir wollen keine Leibeigenen sein! Wir wollen angeln oder fischen, und dass ein Wald offen ist für alle! Wir wollen es mit dem Frondienst mal nicht übertreiben!

Zur selben Zeit ist es Nacht in Honduras. Zur selben Zeit lässt Cortés dort Moctezumas Cousin aufhängen. Sein Genick bricht an einer alten Sumpfzeder.

Zur selben Zeit fragt Pizarro sich, warum er das Goldland Pirú noch nicht gefunden hat, was seine Konquistadoren da falsch gemacht haben, auf ihrer ersten Fahrt nach Süden.

Das Lithium, das die Männer im Salzsee von Uyuni abtragen, wird in LKWs über den Altiplano geschickt, bis nach Peru, und von dort mit dem Schiff nach China, und weiter, mit der Eisenbahn, durch Steppen und Hochebenen, vorbei am selbst schon lang ausgetrockneten, Kalimine gewordenen Lop Nor, und schließlich nach Ürümqi, wo Zwangsarbeiter es in Akkus verbauen. Und diese Akkus werden in die ganze Welt verschifft, überall dorthin, wo Volkswagen montiert werden, etwa nach Amerika, und da kauft ein Familienvater dieses Auto, als Zweitwagen für die Arbeit, und er fährt damit in sein Versicherungsbüro am Ufer des Great Salt Lake, und auch der Salt Lake wird von Tag zu Tag kleiner. Bald wird sich das Arsen an seinem Grund freisetzen, und Todeswinde werden in die Lungen der Mormonen ziehen.

Kaiser Karl fordert Pizarro auf, Panama zu fluten. Ein Schnitt, und alle Meere werden eins: Tethys. Aderlass, Transfusion, Plus Ultra, wieder und zum allerersten Mal, Kanal.

Zur selben Zeit protestiert DER GEMEINE MANN überall im Reich. Handwerker, Bauern, Bergleute. Der böse Mönch Martin Luther empfiehlt: *Man soll sie zerschmeißen, würgen, stechen, heimlich und öffentlich, wer da kann, wie man einen tollen Hund erschlagen muss.* Verwaiste Felder. Sechstausend Tote, am Fuße des Kyffhäuser, unbegraben.

Uyu heißt Gehege auf Aymara. Wie die Waben, zu denen das Salz sich formiert, wenn man es lässt. Dabei ist die Ebene selbst eingehegt, von Bergen, die Riesen sind. Als Kusku Tunupa betrügt und sie mit dem Säugling zurücklässt, verzweifelt die Verlassene. Ihre Tränen mischen sich mit ihrer Milch, und der Salzsee entsteht.

Seit er in Potosí angefangen hat, träumt Harry den immerselben Traum: Etwas hält ihn fest. Es ist, als kröche Salmiak in seine Knochen. Feine Tunnel ziehen sich durch den Kalk, wie von Ameisen hinterlassen. Der Bau – ist er. Aus der Dunkelheit tritt eine Hand hervor. Sie hält einen tönernen Krug. Und er weiß, ohne zu wissen, woher er das weiß, er weiß einfach, dass da Aluminium ist im Krug, heißes Aluminium, und er weiß, was jetzt geschehen wird, weil er es schon einmal auf Youtube gesehen hat: Die Hand wird das flüssige Metall in ihn gießen. Er wird vergehen, und sein Positiv wird bleiben, die Wege der Ameisen in ihm als feine, flauschige Filamente. Er legt den Kopf in den Nacken. Es sieht aus wie Milch, die man auf Cornflakes schüttet.

Vielleicht, sagt Reja, vielleicht soll das heißen, dass du mehr bist als ein Gefäß für den Schrecken. Dass das alles ein bisschen viel ist, mit dieser Recherche. Er sieht sie fassungslos an. Sie schlürft das Schmelzwasser aus dem Glas. Und warum jetzt Athen? Er will, sagt Harry, nein, er muss die europäische Gastspielreise in Exarchia beenden. Im Epizentrum des Anarchismus.

*Guilty feet have got no rhythm*, singt George Michael also, in der Bar all'Italiana, Santa Cruz de la Sierra, Bolivien, und Reja befindet sich wieder mit Viki in Leipzig, und Jahre später, am Tag als die London Bridge fällt, befindet sie sich in Berlin, und aus der angeritzten Wirklichkeit läuft dicker, süßer Saft, und Charlottenburg wird zu Schleußig – da ist sie ja, die Rückseite der Kanalbebauung, das letzte ungentrifizierte Haus, die abgeklebten Scheiben, der Kohlenruß, und Reja: elastisch, gut unterwegs. Und dann macht es KLONK, und früher noch kommt ihr Campari, und der Fluss verschnellert sich, und ein Stockwerk tiefer in der Konditorei bricht sich ein Kellner fast das Genick beim Transport vierer Windbeutel in Schokosauce. *Guilty feet have got no rhythm*, ein Jingle aus dem nächsten Level des Spiels. Sie ist schon hinter diesem Gegner, irgendwie, und trotzdem nicht so richtig weiter, nur auf der anderen Seite der steinernen Tür.

Das Jahr 2014. Reja hat das Gefühl, Teil einer Karikatur zu sein. Sie geht kaum zur Uni. Ihr Zimmer ist sehr günstig. Im Flur steckt eine Flagge im Blumentopf. Einmal kommt Mert zu Besuch und schaut eine Sekunde zu lang hin. Er wird in ein Gespräch verwickelt: Ist das etwa keine ganz normale Deko? Ihr Mitbewohner schläft in einem Shirt der israelischen Streitkräfte. Er kommt aus Schwaben und wurde seinerzeit ersatzlos ausgemustert. Seine Freunde halten Vorträge am Küchentisch. Die Mutter des einen hat ein Haus gekauft, in das ihr Sohn mit den anderen einziehen wird. Sie dürfen mietfrei darin leben, solang sie es sanieren. Sie sagen Hausprojekt dazu. Sie stellen ein paar Biere auf den Tisch. Irgendwann fällt ein Wort, das Reja noch nicht kennt: Pallywood. Die große palästinensische Elendsshow. Bilder, böse Bilder, voller Hintergedanken. Bilder, die diskreditieren. Die zu Mitgefühl verführen. Die, selbst wenn sie echt sind, nicht der Wahrheit dienen. Und was die Wahrheit ist, das wissen diese Jungs in ihrer Küche sowieso am besten. Viki lässt sich nie anmerken, was sie von ihnen hält.

Am Tag als die London Bridge fällt, blickt Hans von seiner Bank auf die Michael-Holzach-Statue. Wer an der Emscher aufwächst, kennt Holzachs Namen von klein auf. Wer an der Emscher groß wird, weiß, wie groß die Gefahr ist, wie er zu enden.

Das Jahr 1995. Die Lehrerin zeigt Hans und den anderen, die in Zweierreihen vorm Stacheldraht stehen, wo Holzach starb, als er versuchte, seinen Hund zu retten. Man gibt ihnen seine Texte zu lesen.

*»An einem Tag habe ich die Sonne 43x aufgehen sehen«, steht auf der Mauer am Bahndamm. Dahinter kommt meine Emscher wieder zum Vorschein. Der Geruch ändert sich mit jedem Zufluß. Im Stadtteil Barop riecht es plötzlich nach faulen Eiern, in Dorstfeld liegen ätzende Schwaden über der Wasseroberfläche, in Holthausen macht sich eine schwere Süße breit.*

Im Sachunterricht sprechen sie von kaum etwas anderem, nur einmal besuchen sie Haus Mengede, eine Ritterburg, die am Flussufer gelegen hat, als die Emscher noch idyllisch mäanderte, doch außer ein paar überwucherten Steinen gibt es dort nichts, und so stehen sie eine Weile herum und starren die Pappeln an, hinter denen es unheimlich rauscht.

*Mehr tot als lebendig erreiche ich schließlich Dortmund-Mengede, eine kleine Gemeinde zwischen Werkhallen und Wiesen, zwischen Stadt und Land. Auf der Brücke steht, Arm in Arm, ein junges Paar unterm Regenschirm und spuckt in den Fluß. Er heißt Giesbert, sie Monika.*

Das Jahr 2005. Hans kann diese Sätze noch immer ohne zu stocken aufsagen, und die Brücke, auf der Bert und Moni standen, überquert er jeden Tag zweimal. Wenn es im Sommer regnet und die Emscher über die Ufer tritt, ist ihm, als fehlte nicht mehr viel, dass Fluten ihn fortspülten, zum Rhein, nach Rotterdam, hinaus in die Welt.

Und dann passiert es wirklich. Weil Hoesch das Phoenix-Werk an China verkauft hat, trifft Hu Jintao einen pensionierten Stahlarbeiter zum Tee. Weil Hu Jintao kommt, verplombt ein Sondereinsatzkommando jeden Gully im Vorort. Doch es hilft nichts. Ein heftiger Wolkenbruch lässt das SEK bald knietief durch die Scheiße waten. Mengede versinkt fast vollständig, ganze Schrebergartenkolonien werden unbewohnbar.

Am Tag als die London Bridge fällt, leben im Groppenbach wieder Groppen. Hans' Nichte kennt weder Hoesch noch Holzachs Emscher. Beides ist verschwunden, und dort, wo sie waren, ist jetzt was anderes. Hans steht auf. Die Vororte entlang der Wupper heißen Wuppertal. Der Transrapid fährt in Shanghai. Hans will so gerne mal nach China. Die Bilder von bogenschießenden Demonstranten, denkt er, sind toll, aber wenn das hier steht, darf ich niemals dort einreisen. Michael Holzach ist vier Meter groß. Er trägt ein chinesisches Gewand, wie Engels in Elberfeld.

Endlich ist Ruhe eingekehrt in Balmoral. Regen hat den Uisge Dè anschwellen lassen. Der Gärtner prüft den Winterschutz der Rosenstöcke. Eine Spinne krabbelt übers weiße Plastik. Seltsam. Der Gärtner zieht an seiner E-Zigarette. Sie glüht wie ein Irrlicht über dem nassen Schlund des Moors. Der Gärtner spuckt aus. Ich sollte wirklich aufhören, denkt er, und meint alles damit.

Reja zoomt auf Holzachs bronzenen Haaransatz. Hans hat ihr ein Video geschickt. Links ist das Wasser noch in Beton gefasst, rechts windet sich die Emscher sanft, als lebte sie schon immer. Renaturieren. Was soll das eigentlich bedeuten? Reja steht auf dem Einkaufszentrum. Ihr Blick schweift übers Paviangehege. Ein Männchen hindert ein anderes daran, ein Weibchen zu besteigen. Oder vielleicht ist es ganz anders, klar. Auf der Treppe nehmen Jugendliche einen Tanz auf. Sie machen vier Schritte nach vorn.

Sie legen die Köpfe schief. Sie lächeln in die Kamera. Eine Welle geht durch ihre Körper. Nochmal?, fragt die Anführerin, und die anderen nicken. Sie sind so ernst dabei. Die Paviane kreischen.

Hans wirft einen letzten Blick aufs Chaos. Dass Hu Jintao wirklich hier war. Dass sein Fahrer in den Michael-Holzach-Weg einbog. Hans macht ein Foto vom Tabakautomaten. Er kauft dieselbe Marke wie der Präsident. Er steht hinter der alten Wohnung seiner Eltern, die seine erste war, am Pumpwerk, das den Groppenbach in die Emscher leitet. Das blinde Fenster. Was dahinter passiert, weiß Hans nicht. Was passiert ist, schon.

Das Jahr 1993. Es schwindelt ihn, weil das Badewasser zu warm ist. Er sieht Monster in der Korktapete. Sie bewegen sich im Dampf, der von seinem Arm aufsteigt. Sie folgen dem Zeichen, das er ihnen gibt, hin zum offenen Fenster. Er war den ganzen Tag im Sauerland. Er hat sich in der Atta-Höhle verlaufen. Er kann nicht unterscheiden zwischen Stalaktit und Stalagmit. Das Wort ATTA aber hat jetzt einen Klang. Draußen pumpt das Pumpwerk, und dort, wo Hans in der Wanne liegt, standen mal Bäume.

Schweine fraßen die jungen Buchentriebe und die Früchte der alten, wurden fett, während der Wald dünn blieb. So öffnete er sich Mengede, und wenn jemand einen Zaun durch ihn zog, damit seines würde, was eigentlich allen gehörte, dann traten andere den Zaun wieder ein. Sie nannten das Schnadegang. Und trotzdem wurden nach und nach alle Flächen privatisiert, und als der industrielle Bergbau begann, wurde das Ritual ganz verboten. Niemand lief das Land mehr ab. Es sank. Die Emscher flutete es. Jetzt verbanden Tümpel voll Kot die Vororte. Seuchen brachen aus, aber das Ruhrgebiet wuchs weiter. In Gelsenkirchen starben Hunderte an Typhus.

Neben der Schule, die Reja einmal besuchte, befinden sich ein Schloss, eine Moschee und die Bundeszentrale der Marxistisch-Leninistischen Partei Deutschlands. Davor stehen, vollverchromt und überlebensgroß, Marx und Lenin. Der eine hält sein Meisterwerk in der Hand, der andere streckt die seine lässig eventuellen Passanten hin. Als sie eingeweiht wurden, gingen umgehend Beschwerden ein. Die CDU empörte sich: Die MLPD ist gegen das Privateigentum und profitiert hier schamlos davon. Der Grund und Boden, auf dem Marx und Lenin stehen, mag öffentlich aussehen. Er gehört aber nicht der Stadt, sondern der Partei – finanziert durch einen Lottogewinn. Ideologisch hat die MLPD weniger mit den Abgebildeten zu tun als mit dem Großen Vorsitzenden Mao, wie schon Teile der Studentenbewegung, aus deren Überresten sie einmal entstand.

Die Studenten lieben an Mao anfangs vor allem die Privilegientheorie: Weil die Arbeiter der Ersten Welt als Arbeiteraristokraten gemeinsame Sache mit dem Kapital machen, sind sie zu Revolution gar nicht fähig. Also richten die Studenten ihr agitatives Augenmerk auf die am Rand – Junkies, Heimkinder, Arbeitslose.

Als der Sozialistische Studentenbund sich 1970 auflöst, entdecken einige Enttäuschte ein anderes, ein scheinbar geradezu gegenteiliges Diktum Maos: die Massenlinie nämlich, der zufolge die Masse immer recht hat. Der Revolutionär darf sich nicht von ihr entfremden, da sie gleichsam natürlicherweise auf die Revolution zusteuert. Dass dieser Gedanke für die Erste Welt nicht gilt, ist egal. Und so beschließen einige von ihnen, sich im Ruhrgebiet niederzulassen. Von Arbeitslosen ist keine Rede mehr. Man bleibt des Radikalenerlasses wegen undercover, schneidet sich die Haare kurz und mimt Sauberkeit und Anstand. Einige besuchen ihre Sehnsuchtsorte in der Dritten Welt, wo sie deutsche Radioprogramme einsprechen und in Schaugeschäften einkaufen, in denen alle Waren immer vorhanden sind. Es sind diese Leute, die später die MLPD gründen werden.

Das Jahr 1977. Der Lehramtsstudent Jürgen Elsässer sitzt im Plenum und lauscht aufmerksam. Hier beim Kommunistischen Bund weiß man, was die anderen K-Gruppen einfach nicht raffen: Es gibt keinen sowjetischen Sozialimperialismus. Und die Chinesen sind nicht so toll, wie sie tun. Die fortschreitende Krise des Kapitalismus wird zu einer Faschisierung der Gesellschaft führen. Das ist nicht defätistisch, das liegt auf der Hand! Und Deutschland will, unter dem Deckmantel der Europäischen Integration, bald wieder zu den Großen zählen. Jürgen ist froh. Hier hört er von der Wahrheit: Die Masse ist gefährlich.

Das Jahr 2014. Der amerikanische Basketballspieler Dennis Rodman befindet sich in Nordkorea. Er übt Soft Power aus. Dennis, wie er Körbe wirft mit Jong-un. Mittags war es schwül in Pjöngjang, doch am Abend legt sich eine Frische über die Stadt. Der Monsun ist fast vorbei. Das Laub der Ginkgos hat zu lodern begonnen. Das ist die schönste Jahreszeit, denkt Dennis und sagt nichts, weil er weiß: Jong-un bevorzugt den Frühling. Dennis zeigt ihm, wie der Sternschritt geht. Jong-un zeigt Dennis, wie man die langen, glitschigen Raengmyŏn isst. Dennis ahnt, dass die Brühe nicht vegetarisch ist, fragt aber nicht nach. Am Horizont funkelt die ewige Baustelle des Ryugyŏng-Hotels. Die gläserne Pyramide wirft einen Lichtpunkt zurück, der auf Jong-uns linker Schläfe tanzt.

Das Grausame ist schön, und es ist naiv, denkt Dennis Rodman, das heißt, fast, fast denkt er es: Bevor er den Gedanken HAT, zieht der sich zurück, wie um sich selbst zu schützen, vor Dennis, der ihn denken will, zurück in den verwinkelten, silbrigen Schimmer, in die Muschel seines Gedächtnisses, in deren Inneres Dennis mit seinen großen Händen ja doch nie kommt. Er träumt nicht zum ersten Mal davon, das Ding, das er ist, zu zertrümmern.

Am Tag als die London Bridge fällt und Reja den tanzenden Teenagern zuschaut, eilt unten, auf der anderen Seite der Kreuzung, der Publizist Jürgen Elsässer zum Parkhaus. Er zwängt sich zwischen zwei Menschentrauben hindurch und zählt langsam bis zehn. Wie sehr er das hasst. Er atmet tief ein und flach aus. Er legt die Oberarme an den Rumpf und spreizt die Finger, wie ein T-Rex, denkt er, peinlich, klar, aber – es hilft. Er zahlt sein Ticket. Ein Obdachloser spricht ihn an, er weicht zurück. Auf der Treppe stößt er gegen eine schlecht blondierte Frau. Der Speichel in ihren Mundwinkeln. Ekelgänsehaut kriecht seinen Nacken hoch. Erst als er im Auto sitzt und die Tür hinter sich zuzieht, findet Jürgen Elsässer Ruhe.

Zuhause in Falkensee sieht er sich selbst auf Youtube an. Der Beat droppt, und er läuft, hinter New-York-Filter und verspiegelter Pilotenbrille zweifach verborgen, am Reichstag vorbei. Sein volles Haar, die Kippe. In der Ferne ruft der Kuckuck. Die Siedlung ist von Wald umgeben. Will man sie verlassen, steht man am Hirschsprung vor der Wahl: Karl-Marx-Straße oder Friedrich-Engels-Allee?

Elsässer war live dabei, damals, als die Mauer fiel und die letzte Hoffnung auf ein anderes Deutschland starb. Diese Fernsehbilder. Tausende, die krabbeln, die sich durch viel zu kleine Löcher zwängen. Die balancieren auf der Brüstung zwischen Ost und West. Sich brüsten. Krisenstimmung in der Linken. Das wiedervereinte Volk war erstarkt. Beunruhigend erstarkt. Der junge Elsässer beschloss, dagegen vorzugehen. *Weshalb die Linke anti-deutsch sein muss.* Er schrieb: *Für »Deutschland« darf es kein nationales Selbstbestimmungsrecht geben.* Stattdessen wollte er sich an den Undeutschen orientieren, am Rand – den Abnormalen, Minderheiten, Immigranten.

*Wir sollten dem rechten Slogan »Ich bin stolz, ein Deutscher zu sein« entgegenstellen: »Ich schäme mich, ein Deutscher zu sein«. Im Zusammenhang mit dieser kulturrevolutionären Aufgabe sollten wir eine Utopie entwickeln: nicht die eines sozialistischen Deutschland (dafür waren wir marxseidank noch nie), sondern die der Zerstörung des deutschen Staates und seiner Ersetzung durch einen Vielvölkerstaat, sowie der Auflösung des deutschen Volkes in eine multikulturelle Gesellschaft. Für diese Utopie und für diese Politik werden sich Menschen engagieren, deren Feindbild der deutsche Nationalismus ist, nicht unbedingt das Kapital.*

Jener Elsässer träumte von den idealen Ausländern, die in seiner Vision kein Eigenleben hatten, sondern bloße Zersetzungsagenten waren, Vektoren der deutschen Wiedergutwerdung durch Auflösung.

Der Elsässer aber, der grad den Slivo entkorkt, der eine Mücke totschlägt, der jetzt der Schnapshitze in seinem Magen nachspürt – dieser Elsässer ist ein anderer. Dabei hat nicht er sich verändert, sondern die Welt. Es war wegen der Kriege. In Kosovo zuerst, das fand er richtig scheiße. Die Bundeswehr im Einsatz. Und Jugoslawien leidet. Die letzte Bastion – dahin. Er spürt, wie seine Seele serbisch wird. Das Jahr 2001. Der Zweite Golfkrieg. Wer hat das ausgeheckt? Sein Chef sagt, lieber gleich die Bombe drauf. Doch Elsässer sieht das anders. So wird er bei *Konkret* entlassen. Er ist allein mit sich. Er sieht Zusammenhänge. Neue Gesetze. Flüchtlingskontingente. Menschenmassen auf ganz engem Raum. Elsässer wird übel, wenn er daran denkt. Die vollen Bahnsteige. Der Schweiß. Die Wärme fremder Körper. Jeder ein Gerät im Standby-Modus.

Er glaubt schon immer noch dasselbe, nur freut er sich nicht mehr darauf. Er ist schon mittendrin. Elsässer wähnt die Auslöschung der Deutschen durch die Fremden bereits in vollem Gange. Irgendjemand wünscht sie sich dringlich. Und wenn er das nicht ist, wer kann es dann sein? Wer bloß, wer! Und so entzweit er sich von seinen Weggefährten. Elsässer widerruft. Er ist kein Antideutscher mehr, er ist jetzt wieder Deutscher. Und als solcher will er gern zu seinen Kinks stehen. Nur – sie ist ihm unheimlich geworden, die Angst, verschlungen zu werden, die Vorfreude. Das Geile ist verboten. Die Ideologie der Reinheit, sie hält ihn heut noch wach. Der Wolf kommt bei Nacht, er kommt im Schafspelz, und er fickt dich, und nachdem du gekommen bist, schämst du dich, immer. Er spult das Video zurück.

Zur selben Zeit wartet Florian im Terminal 2 des Berliner Flughafens auf den Flug nach Kukës. Er hört Musik. Über elektrischen Trommeln der Satz: *Geh mein Weg wie Carlito*, und er sieht es vor sich, Al Pacino ist Carlito Brigante, und er verblutet im U-Bahnhof. *Fast life wir leben schnell alles unter Kontrolle*, aber Carlito hat nichts unter Kontrolle. Er ist ein Verräter, und darum muss er sterben. Florian hatte noch keine Gelegenheit, jemanden zu verraten. Er weiß, dass der Moment kommen wird, und er fürchtet sich.

Zur selben Zeit setzt der Psychiater und Kriegsverbrecher Radovan Karadžić ein Beschwerdeschreiben auf. Er ist nach Großbritannien verlegt worden. Dabei gefiel es ihm in Holland. Seine Besucher hatten es leichter im Schengenraum, und mittwochs gab es Stroopwaffeln zum Kaffee. Die anderen Häftlinge mögen sich öffentlichkeitswirksam über das Essen beschweren, aber Karadžić ahnt, dass hier in England Schlimmeres auf ihn wartet.

Der Völkermord an den Bosniaken wurde von einem Gericht als solcher bestätigt. Ungewöhnlich. Und schlecht für Karadžić. Meistens stellen Gerichte fest, dass es keinen gab, auch wenn er stattfand, wie etwa der Porajmos, der in Deutschland erst 1982 durch eine Regierungsverfügung als solcher anerkannt wurde. Irgendwann kommt er immer, der Tag, an dem alle von Anfang an dagegen gewesen sein wollen. Irgendwann – da kann man lange warten. Was Karadžić damals zum Verhängnis wurde: die Videos, das Fernsehen. Die Welt war live dabei, nur er war liver. Er kann sich nicht daran gewöhnen, dass alles, was man tut, irgendwo abgespeichert wird. In seinem Leben gibts das nicht so lange. In Rejas immer schon.

Und während die Frau des Gärtners ein Selfie macht, das den oberen Rand ihres spitzenbesetzten BHs erkennen lässt – *waiting for you xx* –, während Hans am Dortmunder Hauptbahnhof drei Liter Sprudel kauft, während die französische Arbeiterschaft den nächsten Streik vorbereitet, während Harry seine Tochter mit einem weichen Stück

Yucca füttert, während sie ihren kleinen Daumen in die geäderte Kuhle seiner Impfnarbe legt, während Viki ihr Beil poliert, geht alles ganz normal weiter.

Sich ein wahres Wort sagen, wenn die Worte ihre Bedeutung verlieren. Wenn sie sich auf nichts beziehen. Zu Lauten verstümmelt. Die Furcht um den Geliebten. Die Ruhe, die sein Herzschlag ausstrahlt, im Bett, dein Ohr auf meiner Brust, dein Hals in der Kuhle meiner Achsel.

Egal, wie sehr man es beweisen kann, wie oft die in Lagern Abgemagerten zur Sprache kommen, ihre Geschichten erzählen, es findet sich immer jemand, dem die Sache sehr kompliziert vorkommt. Die Leugnung vollendet das Verbrechen erst.

Das Jahr 1993: *Alle europäischen Staaten durchlaufen gerade ethnische Säuberungen. Dies ist das echte Europa, das im Schatten der Parlamente Form annimmt, und seine Speerspitze ist Serbien. Hier liegt ein Programm vor, das bereits umgesetzt wird, ein Programm, in welchem Bosnien bloß eine neue Grenze darstellt. Warum, glauben Sie, ist Jean-Marie Le Pen von der politischen Bühne verschwunden? Weil die Substanz seiner Ideen in die politische Klasse gesickert ist. Es braucht Le Pen nicht mehr, da er gewonnen hat, nicht politisch, aber viral – in Geisteshaltungen. Das alles wird erst aufhören, wenn die Vernichtung vollständig ist, an jenem Tag, wenn die Demarkationslinie des ›weißen‹ Europa gezeichnet sein wird.*

Zur selben Zeit ist Rejas Mutter hochschwanger, doch ihr Bauch wölbt sich kaum. Sie plaudert mit dem Apotheker. Aus unerklärlichen Gründen spricht er Albanisch. Glasklar und verdächtig fremdwortfrei. Er verkauft hunderten von Leuten Betablocker für die kranke Verwandtschaft, die bei nächster Gelegenheit nachhause verfrachtet werden, von mit Aufenthaltstiteln ausgestatteten Autohändlern. Das Albanisch des Apothekers ist gespenstisch, weil es aus den Büchern kommt. Aus den Unterrichtsstunden. Es hat nichts mit Nachbarn oder Kollegen zu tun. Sein Albanisch ist das Gegenteil des fließend falschen Laberns, das Rejas Mutter hier umgibt: die verschobene Grammatik der einmal Polen gewesenen Bergleute, ihr eigenes seltsames Deutsch. Das Italienisch, das sie auf der Arbeit sprechen. Das hat alles nichts mit dem unter strenger Beobachtung erworbenen Albanisch des Apothekers zu tun. Diese seine Art zu sprechen ist etwas Gewalttätiges und trotzdem Schönes, eine Ahnung von Dichtung. Er erklärt ihr den Hustensaft. Rejas Mutter bedankt sich.

Zur selben Zeit beendet die Feuerwehr ihren Einsatz unter dem World Trade Center.

Zur selben Zeit werden in Sarajevo sieben Kinder von einer Granate getötet.

Das Jahr 1995. Der Arzt hat Reja auf Diät gesetzt. Auf Heimvideos sieht man sie, mit wilden Locken und gierigem Blick, wie sie in eine Fleischtomate beißt. Rot läuft es ihr Kinn herunter, bis auf ihr weißes, mit Marienkäfern bedrucktes Kleid. Am Nachmittag wird sie das erste Mal auf die Lilie drücken, im Aufzug, und eine körperlose Männerstimme wird die Kabine füllen wie Rauch. Ihre Mutter wird sich entschuldigen, und als Reja irgendwann wirklich im Aufzug steckenbleibt und auf die Lilie drückt, wird sich überhaupt niemand melden, als hätte sie ihr ganzes Glück an jenem Sommertag verspielt.

Die Belagerung von Sarajevo ist erfolgreich. Die Mörder erhalten zur Belohnung einen ganzen Landstrich. Die Flüchtlinge kehren zurück. Oder auch nicht. Die Kriegsverbrecher tauchen unter. Oder auch nicht. Die Gräber bleiben leer. Karadžić wird Heilpraktiker, Bosnien Verhandlungsmasse. Die islamistischen Söldner machen sich auf den Heimweg, nach Tschetschenien oder Pakistan. Bei ihrer Anreise ähnelten sie den Amadís-besoffenen Konquistadoren. Was sie aber beabsichtigten, war eine Reconquista: die als Wiederbelebung getarnte Geburt der Orthodoxie. Die Söldner traten als Retter vor dem Feinde auf, dabei waren sie Agenten einer anderen Ordnung. Sie wird Jahre später in Gestalt von Nachhilfelehrern und Sozialarbeitern wiederkehren: Missionare, powered by Petrodollars.

Im ICE versucht Hans herauszufinden, was Atta bedeutet, aber er erfährt nichts, was ihm hilft. Es ist auch egal, es gibt diese Art von Hilfe nicht, nur seine Vorstellung, den Schwamm der Welt, der sich im See betrachtet, das Wort Atta, oder der Name.

14

Am Tag als das Aquarium platzt, wird Reja von einem Rascheln geweckt. Das milchige Mittagslicht, das eine Abwesenheit ist, Abwesenheit eigentlichen Leuchtens, füllt plötzlich den Raum. Hans hat die Gardine zur Seite gezogen. Der Himmel ist ganz weiß. Bis später, sagt er und schüttelt ihr die Decke auf. Sie fühlt sich, als sei ihr Körper ein defekter Reißverschluss. Sie öffnet die Zeitung. Aachener Karlspreis geht an Selenskij und das ukrainische Volk. Russland verschifft Rohöl nach Indien. Berliner Hotel steht unter Wasser. 1500 Fische erfroren, bevor sie ersticken konnten. Zwei Verletzte. Keine Toten.

Als wollte sie ihre Fruchtbarkeit prüfen, zieht sie Mitte mit zwei Fingern groß. Das Radisson liegt da, wo einmal das Palasthotel war, Karl-Liebknecht-Straße, gleich an der Spree. Hier ballten sich die Nachrichtenkanäle der Stasi. Hier kamen die ausländischen Besucher Ost-Berlins unter. Das größte zylindrische Aquarium der Welt. Das Wort Havarie. Tanker. Eisberge. Riffe. Verlorene Flotten. Vertagte Kriege. Versalzene Waren. Reja schickt Hans den Link und steht endlich auf.

Seit man die Zeit umgestellt hat, zeigt Hans jeden Morgen dem immerselben Mann seine Karte. Es ist, als löste sich ihre Begegnung auf, sobald der Scanner den Barcode erkennt, als fände sie nicht mehr hier statt, in der Gemäldegalerie, sondern dort, im System. Sein Skimantel fühlt sich angenehm kühl an, als er das Portemonnaie zurücksteckt. Er kennt den Weg und verläuft sich kaum noch, obwohl die Räume sich verändern, ständig sind andere Durchgänge verschlossen.

Nie ist Hans der erste Besucher. Nie sitzt jemand auf der Bank, wenn Hans kommt. Und da – da steht er, der Ururenkel von Kaiser Karl, auf der Leinwand, neben einem Spiegel, schmächtig, zwölfjährig, vorwurfsvoll. Dass er ganz in Schwarz gekleidet ist, lässt seine rotunterlaufenen Augen noch deutlicher hervortreten. Ein Kind gebliebener Vampir, Kirsten Dunst, die ihren Mund aufreißt und beißt, wobei ausgerechnet das Karl II. unmöglich gewesen wäre.

*Seine Zähne passen nicht aufeinander, weil der Unterkiefer über den Oberkiefer um Fingersbreite hinaussteht und er infolgedessen die Speisen nicht kauen kann. Eine Hühnerleber oder einen Gänsemagen schluckt er weg wie einen Trunk Wein.*

Mit letzter Kraft hält Karl II. sich an einem Tisch fest, dessen Sockel ein hölzerner Löwe ist, die Weltkugel in den Pranken. Das Laufen fiel dem Infanten sein Leben lang schwer und er selbst dementsprechend oft hin, auf den Kopf, aufs angeschwollene Gesicht, das zuerst blau und grün wurde und dann violett. Fünf Generationen Inzest. Hofmaler Juan Miranda sah alles mit an. Er kam so regelmäßig vorbei wie der Schulfotograf. Bodyhorror Klassenfoto.

Das Taxi hält kurz vorm Absperrband. Die Tatortreinigerin kratzt einen starrgefrorenen Guppy vom Bordstein. Krass, sagt der Fahrer. Reja schaut über die Spree, auf der ein leeres Ausflugsschiff schaukelt. Ein Junge in maritim blauem Hoodie wischt das Resopal ab. Sie sieht die Flüssigkeit in der Sprühflasche und riecht Lavendel. Hochzeit im Aquariumsfahrstuhl. Ein Rochen, der die Braut verschlänge, wenn das Glas nicht wäre. Die unterschiedlich schweren Wasser zweier Ozeane, die sich berühren. Die Spannung ihrer Oberflächen, meiner, deiner. Leben, das sich unversehens begegnet. Eine Fliege, die nach Bolivien reist. Wie sie durch die Gangway saust, und irgendwann – Achtung, nass – auf eine Pfütze trifft. Sie wohnt jetzt hier, im internationalen Bereich. Auf der anderen Seite der Straße sieht Reja die oxidierten Hinterköpfe von Marx und Engels.

Als die Museumswärterin ihn anlächelt, versteht Hans, dass es ihre Augenbrauen sind, die ihn seit Wochen irritieren. Die Tinte ist grün geworden. Er lächelt zurück. Wer nichts beweisen will, will auch etwas beweisen. Sie kennen sich, obwohl sie noch nie miteinander gesprochen haben. Es ist 13 Uhr 12. Im Sperrbildschirm hockt der kleine Hybrid. Hans ist sicher, als Tier versagt zu haben. Er setzt sich hin und schlägt *Utopia* auf.

*Als der unbesiegbare König Heinrich von England, seines Namens der achte, geschmückt mit allen Tugenden eines ausgezeichneten Fürsten, vor kurzem einen nicht geringfügigen*

*Streit mit Karl, dem durchlauchtigsten Fürsten von Kastilien, hatte, sandte er, diesen beizulegen, mich als Sprecher nach Flandern.*

Das Jahr 1516. Katharina und Heinrich, im Palast von Greenwich, im Bett. Wie vorm Fenster die Schneeflocken wehen. Wie er aufsteht, um Brennholz nachzulegen, und Katharina sich streckt. Wie glücklich er ist, endlich hat ein Baby länger als ein paar Monate überlebt. Obwohl Maria kein Thronfolger ist, ist Heinrich stolz, irgendwie verändert, etwas in ihm fängt an, auch Katharina anders zu sehen. Wie sie nach dem Buch von Morus greift und kichert: Der unbesiegbare König! Wie er sich auf sie wirft und lacht, und Katharina ihn umarmt, das Buch nun in beiden Händen, während sie immer weiter liest.

Achtzehn Jahre später blättert Heinrich wieder darin. Eigentlich müsste er das Todesurteil des Autors unterschreiben. Dass Morus sich geweigert hat, den Eid auf die anglikanische Kirche zu leisten, macht Heinrich wütend. Dass ihm seinetwegen die Zeit mit Katharina einfällt, lässt ihn verzweifeln. Er will weinen, schluchzen, schreien, nur nicht länger an sie denken. Und plötzlich hört er sie, ihre Stimme, die tief sein konnte, weil sie das eigentlich auch war, und die machte, dass sich das Haar aufstellte an seinem Arm, ganz leicht, und im Nacken.

*In jenen Gegenden des Königreichs, wo feinere, daher teurere Wolle gezüchtet wird, sitzen die Adeligen, die sich mit den jähr-*

*lichen Einkommen und Vorteilen nicht begnügen, die ihnen von ihren Voreltern aus den Landgütern zugefallen sind, nicht zufrieden, in freier Muße und im Vergnügen leben zu können, ohne dem Gemeinwohl zu nützen, dem sie sogar schaden; sie lassen dem Ackerbau keinen Boden übrig, legen überall Weideplätze an, reißen die Häuser nieder, zerstören die Städte und lassen nur die Kirchen stehen, um die Schafe darin einzustallen, und als ob euch die Wildgehege und Parks nicht schon genug Grund und Boden wegnähmen, verwandeln jene braven Männer alle Wohnungen und alles Angebaute in Einöden.*

Der Schnee schmilzt schon im Fallen, weil es warm ist im Palast. Erst jetzt begreift Heinrich, dass es nicht nur darum geht, was der Reisende erzählt, von jener neuentdeckten Insel, die Utopia heißt, von deren unglaublichen Sitten und Gebräuchen. Nein, der Witz ist, dass Morus sich lustig macht über die englischen Verhältnisse. Es geht nicht um das Neue, sondern um das, was alle wissen. Das Bekannte. England, das die ganze Zeit vor seiner Nase lag, wenn er der lesenden Katharina nur besser zugehört hätte, statt sich von ihrer Stimme und ihren wie zwei Globen leuchtenden Titten einlullen zu lassen. *Utopia* ist eine ganz schön dreiste, aber irgendwie lieb gemeinte Handlungsanweisung, für ihn, Heinrich, verfasst von seinem Frenemy. Wenn er es bloß dabei belassen hätte. Wenn er wenigstens den Schwur geschworen hätte. Ach, Morus! Dann hätten sie ja reden können. Heinrich sieht schon auch, dass die Bauern bald durchdrehen. Dass man was machen muss. Und trotzdem.

Dass sie das nicht erklärt hat! Tränen steigen ihm in die Augen, als er sich im leeren Zimmer umblickt. Katharina, den Säugling an der Brust. Der Schatten, den der Bettpfosten wirft, verdunkelt ihr Gesicht. Die Wangen des Kindes werden hohl, wenn es saugt. Ein unwahrscheinliches Gemälde. Schon denkt er an ihre Stimme wie an die einer Toten. Das Utopische, sagt Katharina, und die Matratze bebt, das Utopische ist das Mögliche.

Das Jahr 1540. Endlich haben die Konquistadoren die Insel California gefunden. Dass sie mit dem Festland verbunden ist, hindert die Junggebliebenen nicht daran, sie so zu zeichnen, wie es geschrieben steht im Sequel des *Amadís*. Karl aber wundert sich, als er die Landkarte ausrollt. Wurde ihm nicht zuerst von einer Halbinsel berichtet? Der Kaiser kramt in seinen Briefen. Er vergleicht sie mit dem Ritterroman, der auch ihm der liebste war, damals, als Thronfolger. Trotzdem geht es nicht, dass deswegen falsch kartografiert wurde. Karl mag diesen Gedanken nicht, doch er muss, ja, doch, er muss den Export von Ritterromanen verbieten. Dabei hat er ganz andere Probleme. Die Ernte auf den Feldern ist verdorrt. Rhein und Maas liegen trocken, seine Niederlande brennen, und im Elsass gedeihen Agaven. So einen Sommer hat Karl noch nicht erlebt. Seit Januar hat es nicht mehr geregnet, und seine Untertanen sterben an Hitze, Krankheit, Hunger.

Zur selben Zeit ist es Tag in Mexiko. Zur selben Zeit rasen dort Schlammlawinen von den gerodeten Hängen ins Tal. Es hört nicht auf zu regnen, und die Stadt geht schon wieder unter.

Weil auf der Insel Utopia niemand das Privateigentum kennt, ist seine Abwesenheit utopisch, das heißt: realisiert. Von allen Texten, denkt Hans, die sich in der Welt aufgelöst haben wie Aspirin im Wasser, ist *Utopia* derjenige, der am sonderbarsten wirkt. Das Wort Häresie. Die Märkte nicht länger füttern. Sich weigern, überhaupt an sie zu glauben. Dem Todeskult abschwören, nicht sich selbst beim Autodafé. Anlässlich der Hochzeit Karls II. loderten die Scheiterhaufen hoch wie nie. Als Quixotes Haushälterin anfing, die Bibliothek auszumisten, die ihn wahnsinnig machte, warf sie zuallererst Teil 4 des *Amadís* ins Feuer. California sollte brennen, doch es half nichts, denn California war schon in der Welt. Bücher und Menschen nicht vernichten, sondern lächerlich machen, so lange, bis utopisch GAGA heißt, naiv, vermessen. Das ist der Fortschritt. Das ist das Sequel, in dem du, Quixote, dich befindest.

Schritte nähern sich. Hans entsperrt sein Telefon mit dem Gesicht, und da sieht er sie, die berühmte Fotografin Nan Goldin, wie sie den Saal betritt, ein Kranz roter Locken um den Kopf und, in derselben Farbe, zwei dünne Bögen über ihren Augen. Nan Goldin ist klein und trägt Schwarz. Ihr folgt ein langer, dünner Jüngling in Jeans. Er hat zwei Kameras umgeschnallt wie Patronengürtel. In seiner Armbeuge klemmt eine durchsichtige Tüte, darin Stifte, Etuis,

Kabel. Sie sprechen nicht. Hans tut, als würde er sich auf Karl II. konzentrieren. Die kleine Hand. Das Kinn, die in ihm angelegte Unform. Der verwüstete Körper. Miranda zeigt ihn nicht wirklich. Aber auch keine ideale Version von ihm. Sondern eine grad noch so plausible. Wie ein Foto, auf dem er zufällig besonders gut getroffen ist. Die Wochen des Modellstehens haben sich gerade nicht in das Porträt eingeschrieben. Der Assistent legt einen Museumsplan auf die Bank. Einige Zahlen sind mit Kugelschreiber umkreist. Hans versucht, sie sich zu merken. Umständlich löst der Assistent die größere der beiden Kameras und gibt sie Nan Goldin. Ihre Absätze machen leise Klopfgeräusche, als suchte sie Wasser im Fels. Sie legt den Kopf schief. Sieht sie auch diesen Trotz, der Hans heilig ist? Das lange blonde Haar erscheint ihm pazifistisch, das Taschentuch als weiße Fahne, die zu schwenken Karl II. jederzeit bereit wäre. Er hält sich zurück. Er ist mit der ganzen Sache fertig oder weiß schon, dass er niemals Kinder haben wird. Seine Art zu sterben ist das Aussterben.

Das Jahr 2015. Hans und Reja, in der Industriestraße, im Bett. Wie die Schneeflocken wehen, vorm halbbeschlagenen Fenster. Die schlechte Dämmung, das Kondenswasser in den Gummiritzen. Im Tagungshotel gegenüber linst ein Mann durch die Lamellen. Reja hat trotzdem keine Gardinen. Sie streckt sich. Hans steht auf, um an der Heizung zu drehen. Eine Moderatorenstimme sagt: Day 1000 of the Siege of the Seattle. Reja zeigt ihm ihren Lieblingsfilm.

*Children of Men*. Nach einer Pandemie ist die Menschheit unfruchtbar geworden. Der globale Bürgerkrieg wütet, und die Insel Britannien hat sich, wie immer, verschanzt. Der jüngste Mensch der Welt, Baby Diego, wird achtzehnjährig totgestochen, weil er sich weigert, ein Autogramm zu geben. Reja lehnt an dieser hässlich braunen Wand, die schon so war, als sie hier eingezogen ist. Clive Owen schüttet sich Mariacron in den Kaffee. Und dann explodiert der Späti. Rejas rotes Unterhemd. Es ist so alt wie sie, und die Farbe blättert ab von den drei Knöpfen zwischen ihren Brüsten. Der weiße Plastikschimmer. Hans streicht ihr über den Oberschenkel, über die Stelle, die sich im Sommer hell absetzt und jetzt, im Winter, fast verschmilzt mit dem Rest, fast, aber nicht ganz. Wie oft noch wird er die Jahreszeiten ablesen an ihr? So viel Platz in dieser Wohnung, und so wenig Möbel. An der Overground-Haltestelle läuft Clive Owen an einem Käfig vorbei, in dem Flüchtlinge ausharren. Normalerweise kommentiert Reja alles, was passiert im Film, jetzt aber ist sie still. Sie kann ihn auswendig. Und trotzdem zuckt sie, als Julianne Moore erschossen wird. Die erste Schwangere seit Jahrzehnten ist eine Illegale, und Clive Owen muss sie in Sicherheit bringen. Sie hat keinen Pass, deswegen darf es sie nicht geben. Es geht um die Staatsbürgerschaft, den Grundbrief, das alles entscheidende Papier, das belegt, was dir gehört und zu wem du gehörst – damals, heute, immer. Ich, denkt Hans, ich gehör zu dir. Im Bett liegen, dem anderen zuhören, wegdämmern. Abgelenkt sein von dieser Zuneigung. Ich bin dir zugeneigt.

Das Gesagte ist ein luftiges Gebäude, alle Fenster offen, Schlickschloss in der Brandung. Fraktale, Romanesco. Wir denken ähnlich, auch wenn wir verschieden sprechen, oder nein, streich das: Wir denken in dieselbe Richtung hin, wir stehen Rücken an Rücken und denken in dieselbe Richtung, auch wenn wir voneinander wegsprechen. Unsere Worte sind die Kreide, die diesen Bannkreis zeichnet.

Am Tag als das Aquarium platzt, ist *All the Beauty and the Bloodshed* seit einem Monat draußen. Der Film dokumentiert den Kampf Nan Goldins gegen die Familie Sackler, eine Pharmadynastie, die mit dem Schmerzmittel Oxy-Contin Millionen von Amerikanern in die Abhängigkeit gestürzt hat, darunter Goldin selbst, die schon einmal vom Heroin weggekommen war.

Das Jahr 1950. Drei Ärzte sitzen im Kino und gucken *Sunset Boulevard*. Es sind die Gebrüder Sackler. Während des Vorspanns hält Raymond Mortimer eine Tüte Erdnüsse hin, die ihm Arthur, der Älteste, aus der Hand reißt. Er hasst es, wenn die beiden sich nicht richtig konzentrieren. Arthur mag Billy Wilder, vor allem die Komödien, aber das ist keine, das merkt er sofort, und dann schwimmt sie dort ja auch, die Leiche, vor Phantom House, auf der Leinwand. Es heißt, Teddy Getty habe einen Pool für ihren Garten verlangt. Damit die Produzenten ihn bezahlen würden, musste er rein in den Film. Und so schrieb Wilder die Eröffnungsszene neu, in der jetzt der Tote zu erzählen beginnt, gefasst und chronologisch, aus dem Off.

Das Jahr 1987. Raymond und Mortimer sitzen im Auto und fahren zu Arthurs Beerdigung. Niedergeschlagen stopfen sie Nüsse in sich rein. Sie sprechen darüber, dass sie nur ihres Bruders wegen angefangen haben, Kunst zu sammeln. Er hat ihnen alles beigebracht, und sie sind ihm dankbar. Raymond wirft eine Handvoll Erde auf den Sarg. Mortimer hält die Rede. Er lobt Arthurs Vermarktungsstrategien, wisst ihr noch, das Abführmittel, der Ohrenschmalzentferner. Geniestreiche, die sie jetzt, da das Patent des Morphins MSContin ausläuft, noch toppen wollen.

Das Jahr 1995. Raymond und Mortimer pushen ihr hochpotentes OxyContin. Sie treiben übers Wasser. Raymond im Flamingo und Mortimer auf seiner Luftmatratze. Stell dir vor, sagt er, was für Möglichkeiten. Jeder kennt das – Schmerz. Jedem tat doch mal was weh. Ja, sagt Raymond, Herzschmerz. Mortimer stößt sich ab vom Beckenrand. Er macht sich keine Sorgen. Er kennt da wen, bei der Zulassungsbehörde.

Das Jahr 2016. Nan Goldin arbeitet die ganze Zeit. Vor ihrem Entzug, und auch danach. Und wohin sie auch kommt, sind die Sacklers vor ihr gewesen. Ihr Name ziert Museumsflügel überall. In New York, London, Paris. In Berlin. In Peking. Sie unterstützen die schönen Künste mit aller Kraft. Und die Überlebende Nan Goldin beschließt also, die Sacklers fertigzumachen.

Als sie schon längst verschwunden ist aus der Gemäldegalerie, als sie sich verzogen hat, in das nach Wunderbaum

Grüner Apfel und Zitronenkolonya riechende Innere eines Taxis, da ahnt der Fahrer nicht, dass diese Passagierin bereits Teil seines Lebens ist, dass seine zwölfjährige Tochter Nans Fotos in einem eigens dafür vorgesehenen Ordner abgespeichert hat und sie sich Abend für Abend anschaut, in der Hoffnung, die Bowery von damals möge sich irgendwie über den Kurt-Schumacher-Platz legen und aus ihrer Jugend möge etwas erwachsen, das sie weiterbringt – nicht bloß über die Grenzen des S-Bahn-Rings oder der integrierten Sekundarschule hinaus, sondern weiter, an einen anderen, dritten Ort. Dorthin, wo das alles Sinn macht. Das Lächeln, das sie aufsetzt, wenn die Nachbarn wieder vor der Tür stehen, und die panische Angst, die sie hat, vor allen Situationen, die sie nicht beherrschen kann durch Fleiß. Aber genau diese Situationen will sie ja erleben. Genau das, was ihr Angst macht. Sie will auf die andere Seite, und weil sie nicht weiß, was dort sein wird, bereitet sie sich vor, indem sie Nans Fotos anschaut, Abend für Abend, unter der Bettdecke, bis das Gesicht der Fotografin und das ihrer Mutter zu einer blühenden Wiese aus Hämatomen verschmelzen.

Und zur selben Zeit bricht die dichte Wolkendecke über dem Dom und Rejas Blick folgt einem Strahl, der bis zum Bordstein leuchtet und zurückgeworfen wird, als winzig kleiner Punkt, auf das Abzeichen der Polizistin, jenseits der Absperrung. Reja läuft langsam an ihr vorbei und bleibt dort, wo das Licht abgelenkt wird, stehen. Sie tut, als bände sie sich die Schuhe. Eine Scherbe. Plexiglas, scharfkantig, daumennagelgroß vielleicht. Wie eine seltene Muschel. Sie hebt das Stückchen des geborstenen Aquariums schnell auf und wickelt es in ein Taschentuch, dem Taschentuch nicht unähnlich, in das sich Peter Stadtmann gerade schnäuzt. Er bereitet seine Verfassungsbeschwerde vor. Während draußen, auf der anderen Seite Westfalens, seine Häuser unter den Hammer geraten, hat er sich eingelesen in die Sache. Das Gelsenkirchener Miethaus, die Oberhausener Tankstelle, die könnte er ja noch verschmerzen. Aber um das Ärztehaus in der Hochstraße ist es schon schade, er hat so viel reingesteckt da. Er wollte das entwickeln, zu was Großem. Naja. Seine Villa ist sowieso weg. Peter Stadtmann ekelt sich bei dem Gedanken, dass andere Leute schlafen werden, wo auch er einmal schlief. Die Arschbacken einer Kieferorthopädengattin, wie sie die Bewegung bremsen, als sie vom Bad ins Wohnzimmer saust. Er sieht sie vor sich, wobei, eigentlich sieht er seine letzte Freundin, die das Glas aufschraubt, in seinem Hemd, vorm Spiegel, Angelika, die den Hals von der Kapsel bricht, die Flüssigkeit rausquetscht und auf ihrem Gesicht verteilt. Peter Stadtmann kommt auf die DIN-normierte Gefängnisbettdecke. Er seufzt. Er kann ja nichts dafür. Er hat sich verändert, seitdem er hingefallen ist. Die Gier hat ihn überkommen wie eine seltene Nebenwirkung. Er ist auf den Kopf gefallen! Es tat weh. Vor Gericht haben sie ihm das nicht geglaubt. Stadtmann blättert um.

Das Jahr 1999. Donnerstag, Doppelstunde Chemie. Hans ist zwölf, doch anstatt Modell zu stehen, sich stundenlang anglotzen zu lassen, rotzt er auf eine jodgetränkte Kartoffel. Neben ihm sitzt Fred, der neu ist in der Klasse. Hans kennt ihn trotzdem schon, jeder im Vorort kennt ihn. Er ist berühmt, weil ihn im Sommer ein Auto gerammt hat. Fred lag im Koma, wochenlang, und jetzt schließt sich sein blondes Haar über der Petrischale. Hans fällt die Sendung *Taff* ein, er kann nichts dagegen tun. Ein Mann mit einem riesigen Schnauzer wird interviewt. Er deutet an, eine Frau von hinten zu ficken, und rät, ihr auf den Rücken zu spucken, falls man nicht kommen kann. An den Wänden seines Wohnzimmers hängen Micky Mäuse, in Plastik gerahmt. Im Fernseher hinter ihm läuft Fernsehen. Im Fernsehen kann immer Fernsehen laufen. Es hört nicht auf, nur weil Hans nicht hinsieht.

Gleich wird ihn der Gong nach Hause schicken, und er wird ins Internet gehen. Niemand darf wissen, was Hans im Internet macht. In den Pausen erzählen alle, was sie dort nicht gesehen haben. Auf rotten.com schlägt ein Propeller einem Mann den Kopf ab. Auf rotten.com wird eine Frau von einem Esel penetriert. Man sagt, Fred sei in hohem Bogen geflogen, mit dem Kopf voran, wie ein Pfeil. Ob es davon ein Video gibt? Wie es dort wohl war, im Koma? Wie im Traum? Wie im gelöschten Verlauf?

Der Übungsraum ist fensterlos. Es riecht nach Sprühdeo und Pellkartoffeln. Hans sieht, wie die Stärke sich zersetzt. Er versteht, dass seine Verdauung im Mund beginnt.

Er versucht, nicht an seine Mitschülerinnen zu denken. Bei bestimmten Gedanken wird ihm schlecht.

Das Jahr 2000. Fred zeigt Hans den Taubenschlag seines Vaters. Die Voliere ist riesig. An allen Wänden hebt und senkt es sich. Flaum schwebt durch die Luft. Fred erzählt, dass man die Scheiße vom Boden kratzt, um die Tomaten damit zu düngen. So hocken sie da und rauchen Gras durch eine sehr kleine Pfeife.

Als Hans nach Hause kommt, wird über das Hochwasser in York berichtet. Schlammige Fluten reißen ein Auto mit. Eine Frau zieht sich am Dach ihrer Garage hoch. Hans kann keine Klimmzüge.

Zuletzt sah es in York 1624 so aus, aber das macht nichts, weil ja vorsorglich schon mal ein neues gegründet wurde, New York, über das jetzt der erste Winter kommt, New York, das nicht im, sondern am Wasser liegt, in der Neuen Welt, am anderen Ende des Atlantik.

Die Sonne zittert draußen im kahlen Geäst. Fred und Hans spielen Playstation unter Bruegels Winter. Noch ist nicht klar, ob Bush gewonnen hat oder Al Gore. In Florida wird von Hand nachgezählt. Wie komisch das ist, plötzlich auch zu einer anderen Familie zu gehören. Dass Menschen sich verhalten, als wäre man gar nicht da, auf diesem mit braunem Cord bezogenen Sofa, in diesem Zimmer, in das nun Freds Mutter tritt. Die Schatten der Zweige bewegen sich auf ihrer Bluse. Die Jäger kehren zurück von der Jagd. Die Sprecherin sagt: Der Klimagipfel in Den Haag ist gescheitert. Das Treffen ging heute ohne eine Einigung über konkrete Maßnahmen zur Verminderung der Treibhausgase zu Ende. Auch der Umweltminister trägt einen riesigen Schnauzer. Demonstranten reißen einen Damm aus Sandsäcken ein, vor ihnen ein Banner: *YOU'VE SUNK THE WORLD*.

Als York versinkt, heißt New York noch Fort Orange, Nieuw Amsterdam. Bowery kommt von Boerderij, vom Bauernhof und nicht vom Bogen, wie Hans annimmt, als Fred und er dort nach den Resten dessen suchen, was sie in Nan Goldins Bildern gesehen haben. Freunde verlieren, nicht weil jemand eine andere wird, sondern weil sie von dir verlangt, die Gleiche zu bleiben. DAS ist dein Tamagotchi, dein Geiz, dein Egoismus. DAS war schon immer da. Sich so lang kennen, dass man sich nonstop kennenlernt. Zusammenbleiben.

DAS ist immer auch das erste Treffen. DAS ist auf die Kartoffel spucken und sich schämen. DAS ist der Vorort mit seinen Mythen. DAS ist, was dem Ersten noch vorausgeht. Die Moschee von Marrakesch zum Beispiel, nach deren Vorbild man das Minarett in Sevilla erbaut hat, aus dem dann der Glockenturm wurde, der Giralda heißt. DAS ist die Kathedrale von Sevilla. Und das ist Fred, der vor ihr posiert, einen riesigen Rucksack auf dem Rücken. Und das ist ein Gedicht von ihm:

*Wir fahren auf der Autobahn*
*Im Skilehrer sein Caravan*

Und das ist Fred, der eine Schnecke aufspießt, auf dem Djemaa el-Fnaa. Und hier trinkt er den Sud. Und hier wurden einmal die Köpfe der Hingerichteten ausgestellt. Und hier schlägt er ein schiefes Rad und lacht und fällt in den Sand. Oder ist es Hans, der das Rad geschlagen hat und sich durch Freds Augen sieht? DAS ist die Wüste bei Nacht. DAS ist das Stadthaus von New York, abgeschaut vom zweiten Madison Square Garden, der wiederum ein Nachbau der Giralda war. Und das hier ist Fred, der reingeht und die Strafe zahlt. DAS ist eine braune Papiertüte. DAS ist eine Reaktion auf Uniform und Stiefel. DAS ist das Pressehaus in Bukarest, abgeschaut von der Lomonossow-Universität, die Stalin sich vom New Yorker Stadthaus abgeschaut hat. Und das ist Fred, der Hans von der Arbeit abholt. Und das ist Hans, der sich entschuldigt. Als sie sich stritten, war er im Unrecht, gerade weil er recht behielt. DAS ist nicht das katastrophale Orakel, das immer schon vorher weiß, was erst hinterher passiert. DAS ist die Giralda als Muster. DAS ist das Muster im anderen, das, obwohl er sich verändert, doch das Gleiche bleibt. Und DAS ist der die Giralda nachahmende Turm des Fährterminals von San Francisco, von dem aus Hans und Fred – sie sind vierzehn Jahre alt – nach Alcatraz übergesetzt hätten, wenn sie in echt dort wären und nicht bei *Tony Hawk's Pro Skater 4*.

Reja stellt das Leihrad vor der Philharmonie ab. Das Schloss rastet mit einem befriedigenden Klonk ein. Seit die Achterbahnen nicht mehr mechanisch, sondern digital verschlossen werden, ist sie auf keiner mehr mitgefahren. Seit ihr Frontallappen sich vollständig entwickelt hat, fürchtet sie dauernd um ihr Leben. Wenn es wenigstens ein Zeichen gäbe, das das alte Sicherheitsgefühl simuliert, wie das Ham-Ham-Beißgeräusch beim Leeren des Papierkorbs.

Vor dem Eingang zum Museum drehen Skater ihre Runden. Sie tragen das, was Skater seit Generationen tragen. Einmal wird man diese Trachten hier ausstellen. Reja hat das unglaubliche Verlangen, einen Kupferstich anzufertigen, die schwarzen und weißen Quadrate ihrer Vans detailgetreu in Metall zu prägen. Sie verzehrt sich nach einer Handarbeit.

Ein Junge schafft den Ollie nicht und wieder und wieder nicht. Die Älteren helfen ihm. Rejas Zigarettenrauch weht zum Potsdamer Platz. Sie steht da wie eine Siegerin. Ihr Daumen ist eine kaputte Tankanzeige. Eine feine Schicht Frost bedeckt die Betonplatten. Ein Leib, der bricht. Das einzige Mädchen macht einen Sprung und gleitet das Geländer hinab.

Reja dreht sich um, und da ist Hans, einen grauen Schal um den Kopf geschlungen. Hinter seiner Sonnenbrille, das weiß sie, pochen blau die Adern, die er hat, wenn er zu früh aufsteht. Es ist saukalt. Die Spree liegt in Scherben. Der Himmel ist wie das Tuch, in das man einen Säugling wickeln würde. Sie betreten die Galerie, die mal ein Autohaus war. Die Leute trinken Bier aus kleinen Flaschen und beäugen einander. Die Hosen, die sie tragen, werden erst nächstes Jahr modern sein. Alice wirbelt durch die Menge. Ihr Lippenstift ist perfekt. Eine Frau in einem durchsichtigen Häkelkleid fällt ihr in die Arme. Einen Moment sieht es aus, als sei Alice überrascht, aber dann überspielt sie es. Jean stürmt auf Hans und Reja zu. Gesprächsfetzen. Etwas über Moos. Das Wort contigency. Hans ist froh, kein Englisch zu können. Er stellt sich vor die Leinwand und schaut Alice' Film.

Die Überwachungskamera ist von der Firma Ring. Amerikanische Restaurantkuriere führen Tänze vor diesem Modell auf, um ihr Trinkgeld zu erhalten, während die Kundin noch im Stau sitzt und sie per Bordcomputer dazu auffordert. Der Ring, den das CCTV umschreibt: Closed Circuit oder chinesisches Staatsfernsehen. Social Credit oder Schufa-Score. Das Ringlicht, das sich Zwölfjährige zum Geburtstag wünschen, weil der zukünftige Feind ja schon da schlummert, unterm Babyspeck, in Hebron oder Ürümqi. The cheek of it. Të kesh faqe: sich nicht schämen, oder doch nur eine Homepage haben? Alice gießt die Rosen. Sie zündet sich eine Vogue an. Der Schriftzug Luftëtari Puka. Auf dem Bürgersteig, hinter der Dunkelheit der Wiese, ein Passant in Jogginganzug. Sirenen. Blaulicht, das schwarzweiß ist.

Die Häuser, in denen man lebt. Die das Leben verneinen, wie der Shard. Die Häuser denen, die drin leben.

Die Vonovia, die alles verrotten lässt. Rom, das die Erde salzt. *Im Übrigen bin ich der Meinung, dass Karthago zerstört werden muss.* Weizen säen, Hecken hochziehen. Vertreiben, einen Menschen oder eine Ware. Reinkriechen in den anderen. Ihn zu deiner Heimstatt machen. Ihn belagern. Seine Liebe fordern. Jemanden besser kennen wollen, als der sich selber kennt, und er weiß es nicht, aber er spürt es, dass da etwas Abstoßendes ist an seinem Gegenüber. Etwas Verneinendes. Den Zustand prüfen, den Zustand des Zuckers in der Dose, unauffällig mit der Löffelspitze nach dem Klumpen stoßen. Nässe, Fäulnis. Der Sumpf in der Süße. Ein Fremder hat deine Unterwäsche berührt. Florian zückt seine Dienstmarke. Deine Tür ist nur ein Symbol. Und in diesem Moment tritt er sie ein.

**TAUB**

## 15

Kurz bevor wir uns kennenlernten, verkaufte ich mein Auto.

Als wir uns das dritte Mal trafen, war ich so pleite, dass ich mit einem dieser Busse, die alle gleich aussehen, nach Leipzig kam.

Und jetzt – erinner ich mich daran, das heißt: wieder, ich erinner mich wieder daran, weil der Bus, in dem wir sitzen, von seinem Fahrer mit drei venezianischen Masken geschmückt wurde. Ihre Augen glühen rot, sobald er in der morgendlichen Rush Hour Montevideos bremst.

Schon 2015 hattest du unbedingt hierherkommen wollen. Auswandern, sagtest du damals, falls alles den Bach runtergeht, und jetzt, im Bus, liest du mir aus *Amuleto* vor. Während die Heldin ausharrt, mit den Füßen auf der Kloschüssel, während sie die Stürmung der Universität Mexikos durch das Militär aussitzt, während es um sie herum tobt, sehnt sie sich nach ihrer verschlafenen Herkunftsstadt, der die Ausrottung so lang schon eingeschrieben ist, dass sie weiß schimmert, wie die Narbe über meiner Braue, die du mit dem Finger nachfährst, morgens, wenn ich aufwach. Auxilio Lacouture, sagst du, und vor dem Fenster löst sich die Stadt in ihre Bestandteile auf, drängt die Pampa in alle Zwischenräume, Auxilio Lacouture, warum nur hast du Montevideo verlassen?

Von der Möglichkeit dieser Zukunft aber hatte ich in Leipzig nichts geahnt. Ich saß wieder in einem grünen Bus, ich musste zurück, und schaute dich an, durch die Scheibe, die schmutzig war vom Salz der Autobahn, dein schöner, großer Kopf unter einer noch größeren Mütze verborgen. Am Rasthof vertrat ich mir die Beine. Es war Nacht und der Mond voll. Ich war abgelenkt von dir oder mir, und vielleicht war es dort, auf diesem Parkplatz, dass ich anfing, nicht mehr dazwischen zu unterscheiden. Und dann stieg ich in den falschen Bus. Ich merkte es erst, als der Fahrer in Frankfurt eine Durchsage machte, Endstation, sagte er, und das klang so merkwürdig und richtig, wie ich mich fühlte. Und so blieb ich vorm Bahnhof stehen und fror und schrieb dir eine Nachricht: Was mach ich hier, was mach ich jetzt haha – dass ich gern bei dir gewesen wäre, schrieb ich nicht. Und du antwortetest: Komm doch zurück, und wusstest nicht, dass ich nichts lieber tu als das, und ich wusste, es war ernst gemeint und gleichzeitig auch nicht.

Zurückkehren also, mit dir. Im Cinquecento meiner Schwester fuhren wir nach Nürnberg, und ich wollte ihn dir unbedingt zeigen, den größten Rasthof Deutschlands, auf dem ich einmal das Trucker-Festival besucht hatte, was du ohnehin wusstest. Du hattest, lang bevor wir uns trafen, die Geschichte gelesen, die ich darüber geschrieben hatte. Wie fremd dir das vorkam: ich. In keiner Welt hättest du so viel Kontakt aufgenommen. Manchmal frage ich mich, ob etwas von dir auf mich abgefärbt hat, von deiner Scham davor, dich als andere auszugeben.

Und dann stach dich dieses Insekt, als wir auf dem verdorrten Gras vor McDonald's saßen, und natürlich war sie meine Schuld, die Kette von Ereignissen, die uns erst vor Dürers Haus führte und dann in die Notaufnahme und deren letztes Glied das Schmelzen eines Päckchens Butter war, die im Polster des Cinquecento versank.

Und jetzt, als zum letzten Mal die Augen der Karnevalsmasken aufleuchten und wir in diesem Vorort ankommen, der genauso heißt wie der Wald, den wir lieben, jetzt schlag ich eine Mücke auf deinem Oberschenkel tot. Sie liegt da, eingefasst, so wie in Bernstein.

Hier, in Pando, ist Herbst, und du sagst: Stell dir vor, du stehst genau auf dem Äquator, der schnurgerade zwischen deinen Füßen verläuft, wie sieht er dann aus, der Mond? Machst du einen Schritt nach Süden, siehst du diesen hier, DA, und machst du zwei nach Norden, sieht er wieder aus wie zuhaus – hättest du aber in der Mitte nicht das Gefühl, dass du fällst?

Und mir fällt nichts anderes ein, als zu nicken, und der Mond steht kopf, das fällt dir auf, und wenn ich falle, fängst du mich auf.

16

Ewige Dämmerung im Condorflug CO22. Rosa bröseln die Beruhigungspillen. Vergisst, wer von der Lethe trinkt? Oder gehts da nicht eher um süße Gleichgültigkeit? Ein schmaler Streifen Licht am Horizont. Jemand raucht auf Klo. Unten Grönland. Freikirchen in Plattenbauten. Die freigelegten Zahnhälse der dänischen Königin. Ein Eisbär steckt die Schnauze in eine Tüte Lay's. *Mean Girls* im Bordkino. Hans spielt Solitär. Lindsay Lohan spielt Cady, die in Afrika aufgewachsene Tochter zweier amerikanischer Zoologen, die nun im Vorort, in der High-School-Wildnis überleben muss. Reja berührt den Bildschirm. Wie aus weiter Ferne Säuglingsschreie. Eine Prophetin ist eine besondere Nachrichtenquelle. Du bist eine besondere Nahrungsquelle. Ein obdachloser Kanadier beschließt in diesem Moment das Ende seines Lebens. Ihm hilft ein Programm namens MAID. Warum eigentlich Milchmädchenrechnung?

Als hätte die Welt sich, von ihr unbemerkt, aufgehängt, prasseln die letzten zwei, drei Minuten in doppelter Geschwindigkeit auf Reja ein. Ihr Nebensitzer erhebt sich. Jemand hat einen Herzanfall gehabt. Und er wird ihm jetzt das Leben retten. Schon setzt das Flugzeug zur Notlandung an. In Alberta zerspringt eine Eisscholle auf dem Sojafeld. Die Reflektoren auf den Hosen der Sanitäter. Das Schimmern des Ausweises, als die Grenzbeamtin ihn gegens Licht hält. Department of Homeland Security 2023. Admitted. Eingewiesen, und den Schlüssel weggeworfen.

Nassgeregnete Zelte vor der Bank of America. Die Belagerung von Seattle, 1999. Straßenschlachten vor dem Ur-Starbucks. Das Wort Globalisierung. Die Fenster im Bauch der Space Needle sehen aus wie die Lamellen eines Pilzes. Sporen, die Hirne befallen. Die Ameisen ihre Taten diktieren. Auf Craigslist findet Reja einen silbernen Honda Accord, Baujahr 99. Die beiden laufen los, vorbei an Totems und Lagerhäusern, und immer weiter, unter der Autobahn durch. Auf dem Friedhof blühen Magnolien. Hans liest die Inschrift auf Brandon Lees Grab.

*HOW MANY MORE TIMES WILL YOU REMEMBER A CERTAIN AFTERNOON OF YOUR CHILDHOOD, SOME AFTERNOON THAT'S SO DEEPLY A PART OF YOUR BEING THAT YOU CAN'T EVEN CONCEIVE OF YOUR LIFE WITHOUT IT?*

Ein Mann reißt die Fahrertür mit solcher Gewalt auf, als wollte er sein eigenes Auto stehlen. Irgendwo hier waren Jeff Bezos und MacKenzie Scott mal romantisch essen. Ambitionierter Buchhändler er, aufstrebende Autorin sie. Reja sehnt sich nach etwas, und sie weiß, dass es eine Idee ist, wie die Idee einer Mutter, die an der realen haftet wie Butter an der Nudel: die sättigende, die platonische Mutter. Unter dem Umschlag mit den tausend Dollar schlägt ihr Herz wie verrückt. Sie ist so ungeeignet für krumme Deals oder auch nur eine ordinäre Flucht. Ihre nasse Handfläche, als sie Calebs berührt. Er zeigt ihnen die Quittung von der letzten Reparatur. Zu dritt beugen sie sich über die offene Motorhaube, bis Caleb fragt, ob sie etwas Bestimmtes suchen. Er zählt das Geld und sagt, er werde dieses Auto vermissen.

Reja dreht den Schlüssel um. Sie laden die Koffer ein. Sie ziehen eine Nummer. Sie kaufen ein Kennzeichen. Es lautet *CPW064*. Sie melden sich obdachlos. Das Autobahnkreuz ist groß wie eine Stadt. Eine rote Plastiktüte taumelt über die löchrige Straße. *TARGET*. Sie suchen das Zentrum. Im Radio singt Kurt: *I like it, I'm not gonna crack*. Und zur selben Zeit, aber einen Tag später – die Sonne ist gerade über Guam aufgegangen, und die amerikanische Flagge hängt von Schwüle schwer am Mast – zur selben Zeit schreibt ein User, der auch Soldat ist und, wenn man dem Aufdruck auf seiner Tasse glauben darf, der beste Bruder der Welt, zur selben Zeit also, als Hans das Radio lauter dreht und die rote Tüte sich im Bordstein verfängt, schreibt der User iamiyouarenot:

*The only medication that I have taken where I can confidently say it is making my life better. I'd write a song to lithium if I knew how honestly.*

Und zur selben Zeit, als Reja den Rückwärtsgang einlegt und in einer winzigen Parklücke genau vor dem hölzernen Haus, in dem Kurt Cobain einmal gewohnt hat, zum Stehen kommt, zur selben Zeit, aber am Abend, legt sich Frost über die Beete der Bürgermeister. Der Frühling beginnt spät im Erzgebirge, und auch im westlichen Serbien lässt er auf sich warten. In der Küche klappern ihre Frauen mit den Tellern, und die Bürgermeister sitzen am Esstisch, ihr schlimmes Bein hochgelegt, und sehen noch ein letztes Mal die Unterlagen durch, denn morgen, im Rathaus, werden sie da, da und auch da unterschreiben, dass die Lithiumvorkommen ihrer Heimatstädte zur Ausbeutung freigegeben sind.

Hans kurbelt das Fenster runter. Das Parlament von Washington State sieht aus wie das in Washington, DC. Fentanylkranke, im immerselben Radius, als könnten sie an dieser einen Ampel nicht weiterlaufen. Sie umkreisen die Parkuhr. Sie wogen vor und zurück. Und irgendwie, vielleicht, weil die beiden ihre Aufmerksamkeit gegen ihn gerichtet haben, weil ein Teilchen sich ja immer anders verhält, wenn es beobachtet wird, löst sich einer aus dem Raster. Ein smaragdgrüner Kristall über seinem Kopf, wie die Feuerzungen über den Köpfen der Jünger. Und der Heilige Geist ergießt sich über sie, aus einem gewaltigen, kosmischen Füllhorn, dem Füllhorn auf ihren Fruit-of-the-Loom-Shirts nicht ganz unähnlich, wenn sie denn je existiert haben, diese beiden Füllhörner, wenn das Obst und Gemüse, dessen Ernte die Jünger feiern, wenn das ganze wunderbar nährende Zeug nicht vielleicht doch gänzlich unbehalten über den Erdball purzelt. So jedenfalls, wie von jemand Drittem, Unsichtbarem aktiviert, erwacht der Fußgänger zum Leben und biegt scharf rechts ab. Reja schaut ihn verstohlen an, das geplättete Haar überm Ohr, als sei er an der Fensterscheibe eingeschlafen, im Bus. Der kleine Koffer, der seltsam eiert. Die Wolken lichten sich, und die Stoppeln in seinem blassen Gesicht leuchten rotblond oder grau. Und dann öffnet sich eine Tür, und die Bäckerin reicht ihm eine Pappschachtel, und er verschwindet. Abseits – zwei Elektroroller, ineinander verkeilt, Tiere, die sich zum Sterben zurückgezogen haben.

In metallischen Salven fällt das Eis durch die Maschine. Unter dem Laken reiben Hans und Reja aneinander wie zwei blanke Pfennige. Der Geruch von Kupfer, oder Blut. Abundance Mindset, Kwakiutl. Dieses Meme, wo Padme erst lacht, als Anakin spricht, und dann die Stirn krauszieht, als sie begreift, was er meint, nur dass in Rejas Lieblingsversion Padme außerdem ein Lachs ist:

*Salmon, we have named a colour after you*
*– It's silvery blue like my scales, right? RIGHT?*

Nasse Fußabdrücke auf dem Teppichboden. Sheabutter und elektrostatische Ladung. Tucker Carlson spielt einen amerikanischen Mann. Er redet schnell. Er hebt die Stimme am Ende des Satzes. Der Ventilator presst Schimmelsporen in ihre Lungen. *Friends*. Ein Gottesdienst. Werbung für Immunsuppressiva. Tod durch Ersticken. Spontane Erblindung. Hans schlägt sich sein T-Shirt ums Haar. Robert Pattinson schleudert einen Van über den Highschool-Parkplatz.

*Twilight* spielt übrigens hier.

Wie hier?

Hier, im Regenwald. Die Vampire meiden das Sonnenlicht, weil sie darin glitzern. Weil ihre Zellen kristallin angeordnet sind. Und weil hier nie die Sonne scheint, fallen sie nicht auf.

Woher weißt du das?

Ich weiß es einfach, sagt Reja, und es erscheint, wie ein Pop-up, das den Adblocker ihres Bewusstseins umgangen hat, ein bestimmter Nachmittag ihrer Kindheit.

Verwandtschaftsbesuch. Unwetter. Wasserflecken auf dem Putz der Häuser. Der Spaziergang in die Strip Mall fällt aus. Dabei wäre sie so gern durch die Gänge des Baumarkts geirrt. Sie hätte ein kreisrundes Sägeblatt nach dem nächsten mit ihrem Zeigefinger nachgezeichnet. Stattdessen sitzt Reja, von goldgerahmten Kinderporträts umzingelt, auf dem Sofa. Sie pult die Schleife von ihrem Geschenk: zweihundert Milliliter J'adore-Bodylotion. Der Ruf des Muezzins. Die Brandung der Autobahn. Reja langweilt sich zu Tode. Sie schlägt die erste Seite auf.

*Wäre ich nicht nach Forks gegangen, würde ich jetzt nicht dem Tod ins Auge blicken, das stand fest.*

Die Erwachsenen in der Küche werden immer lauter. Auf dem Tisch steht der Chianti mit der roten Rose drauf. Dunkel kriechen kleine Punkte aus der Zimmerecke. Fernsehrauschen. Ihr Cousin verlässt die Wohnung unter immer fadenscheiniger werdenden Ausreden, dabei wissen alle, dass er sich mit den Jungs an der Bushaltestelle trifft. Reja kommt gar nicht auf die Idee, ihn zu fragen, ob sie mitdarf. Manchmal sieht sie ihren Vater draußen bei den Mülltonnen stehen, wie er ins Leere blickt.

Die guten Vampire, sagt sie endlich, jagen keine Menschen. Sie trinken Blutkonserven. Trotzdem kann Bella nicht mit Edward schlafen. Wenn er die Kontrolle verlöre, was er ja unweigerlich müsste, die Kontrolle über seine Gier, dann müsste er sie leersaugen, bis nichts mehr übrig bliebe als ihre fleischerne Hülle. Als sie es doch tun, tötet Edwards steinharter Schwanz Bella fast. Aber genau das will sie ja: Auslöschung. Obliteration, überschrieben, nein, gestopft werden, randvoll, dass es an den Seiten rausquillt, archimedischer Effekt, Münzprägung, Entwertung, die Fahrt kann angetreten werden. Und so frisst sich irgendwann ein abnormal schnell wachsender Vampir-Mensch-Bastard aus Bellas Schoß, und um sie zu retten, verwandelt Edward sie dann doch in einen Vampir. Bella wird, was die anderen Cullens bereits sind: unsterblich, göttlich eigentlich. Und hier merkt mans.

Was?

Dass die Autorin Mormonin ist. Weißt du noch? Menschen, die zu Göttern werden, weil auch Gott mal ein Mensch war. Die dann herrschen, jeder über sein eigenes kleines Himmelreich.

Draußen riecht es nach Erde. Sie tanken, wo Bella getankt hat. Im Rückspiegel glüht das Fernlicht eines Trucks. Der Fahrer hat kein Gesicht. Das Moos in den Bäumen hängt da wie Tang. Als wohnten sie auf der geheimen Hinterseite der Wasseroberfläche. Ihr Himmel – ein one-way mirror. Sie stellen sich einen Wissenschaftler vor, oder einen Ladendetektiv. Ein Kind, das den kleinen Finger seiner Großmutter umklammert, und gemeinsam werfen sie den Enten altes Brot hin, das auf dieser Seite in hellen Flocken vom Himmel fällt und an den Ästen der Zedern erstarrt wie zum Abschied geschwenkte Taschentücher. Auf einem Billboard steht: *SIDEQUEST AFTER SIDEQUEST*. Noch am Abend fragt Hans sich, wofür es geworben hat. Sie essen frittierte Speisen. Sie betrachten eine Seeanemonenkolonie. Bei Flut öffnen die Anemonen ihr Auge. Sie sehen unglaublich schön aus, wie Schwänze, und wenn man sie vorsichtig an ihren Lidrändern berührt, dann zucken sie genauso. Eine Geisterstadt aus Ferienwohnungen und Fußwegen. Kellnerinnen, die den Kinderstars der Nazi-Band Prussian Blue ähneln. Sie werden aufgefordert, bei der Rettung einer kranken Möwe zu helfen. Auf dem Truck der Tierärztin steht: *Trump 2024*. Der Pazifik schäumt. Das Motel ist nirgends eingetragen. Es existiert, weil sie dort einkehren. Reja spricht im Schlaf. Sie schüttet Wasser auf die Steckdosen. Sie schreit vor Wut. Am nächsten Morgen weiß sie nichts davon. Sie gehen raus zum Glasstrand. Hier ist einmal eine Müllkippe gewesen, deren Inhalt periodisch in Brand gesteckt wurde. Nachdem man sie geschlossen hatte, verrottete das organische Material. Freiwillige entfernten Plastik und Metall. Übrig blieb Glas, das von Wasser und Wind abgeschliffen wurde, zu kleinen durchscheinenden Kieseln, deren Mitnahme heute, da der Ort als Naturwunder gilt, strengstens untersagt ist. Reja greift in die Hosentasche. Sie legt ihre Scherbe dazu.

Die Nacht senkt sich über die Felder. Hans pisst in den Raps und scheucht so einen Storch auf. Noch im Aufstieg zieht er seine Beine hoch – wie die Rollen eines Flugzeugs, die in seinem weißen Bauch verschwinden. Auf einem Parkplatz trinken sie Kaffee. Die letzten Kunden verlassen Walmart. Neben ihnen parkt ein Pick-up. Ein Mann in Anzug und Cowboyhut nähert sich der Fahrerseite: I'm not a dairy farmer, but I associate with them.

Der Highway sieht aus wie zwischen Dhërmi und Sarandë. Terrassiertes Gestein, Schicht um Schicht, links in Macchia versunken, in Pinienduft, und weit entfernt, vereinzelt, wie Muscheln auf Kalk, Pilze auf Holz: Häuser auf Beinen, jederzeit angriffsbereit. Man entkäme nicht, denn rechts – gehts in die salzige Tiefe. Das große Land des Südens. Die Breschen im Kraut schlug kein Mensch. Die Blumen heißen nicht Ginster. Violetter Irisschnitt. Augen zu, Augen auf, Film ab. Und da – da ist er, gischtgeboren. Reja schaut in den Rückspiegel. Da läuft er, der Fußgänger, im Gegenverkehr, ganz nah am Fels. Hans sieht ihn auch: Gleich überholt er uns. Sie fahren fünfzig Meilen die Stunde. Der Himmel entsättigt sich. Sind das die wirklichen Farben der Welt? Nicht abstürzen jetzt. Er kommt näher. Sein Mund bewegt sich. Das plattgedrückte Haar überm Ohr. Der löchrige Bart. Der blaue Einband in der Jackentasche. Reja tritt nach einer Kupplung, die gar nicht da ist. Die Sonne erreicht die Erde nicht mehr. Guck auf die Straße, sagt Hans und glaubt selbst nicht dran, und dann – erscheint der Fußgänger am offenen Fenster. Er spricht, zu sich, oder zu den Tieren des Waldes, zu den Walen und Fischen, oder zu ihnen. Er spricht, und was er sagt, verklingt unter dem Tosen einer Welle, die in diesem Moment an die Klippen schlägt. Auf seinem Koffer steht in weißer Farbe: *MEEK*. Hinter der nächsten Kurve verschwindet er. Das Geräusch des Motors kehrt zurück, das Licht verfängt sich in tausend kleinen Regenbögen, das Radio springt an, und MF Doom singt Michaels Part:

*Can it be I stayed away too long?*
*Did you miss these rhymes when I was gone?*

Zwei Männer unterhalten sich. Sie tragen Sonnenbrillen und leichte Shorts. Hans stellt sich ihre Väter vor. Ihre Rasierpinsel. Wie sie die Seife zu mächtigen Wolken aufschäumen, in deren Schatten Reja den Honda lenkt. Trostlose Städte. Schneebedeckte Gipfel. Katzengold. Es tropft aus der Klimaanlage. Hans und Reja unter ihr, nackt, übereinander. In Alufolie gewickelte Sequoias. Sein Sperma auf ihrem Bauch, das Plastik darin. Sie atmen. Ölfelder und Orangenplantagen.

Hinter schweren Ketten wabert leer die Wüste. Auf dem einen Arm trägt der Mechaniker das ovale Gesicht Christi, abgepaust vom Grabtuch von Turin, das Hans immer schon wie eine Schlafmaske vorkam, und auf dem anderen – Dürers zum Gebet gefaltete Hände.
Hans klopft zwei Zigaretten aus der Schachtel. Seit Reja ein Medaillon aufgehängt hat, segnet Papst Franziskus die beiden. Hans hält seine Hand in der Hand. Diese Haltung ist uralt. Sie ist es, mit der ein Schimpanse das Foto greift, auf dem Michael Jackson ihn greift. Hans öffnet das Bild. Bubbles trägt eine hochgekrempelte Latzhose und einen rotweiß geringelten Pullover. Seine Kleidung passt ihm nicht. Sonst fällt Hans nichts auf, was ihn von diesem Affen unterscheidet, als Kind, nach der Erstkommunion. Von der Situation leicht überfordert steht Bubbles auf einem Tisch, dahinter, halb abgeschnitten, Jacketts, Krawatten, Dunkelheit. Blitzlicht trifft ihn von allen Seiten. Seine Augen aber blicken an den Kameras vorbei. Dass nicht er fotografiert wird, sondern das Foto, das er hält, ist ihm klar. Er präsentiert es ja, wie man das Kreuz präsentiert. Hans zieht die Hände groß und zeigt sie Reja. Ihre halten das Lenkrad auf eine Weise, die er vor ihr nicht gekannt hat, und er weiß, dass seine Paranoia es niemals zuließe, so zu lenken.

Am Straßenrand blühen Joshua Trees, die von den Mormonen so getauft wurden, bei ihrer Landnahme, zu Ehren des Propheten Josua, der seinerseits Kanaan einnahm. Die hartblättrigen Äste ragen flehend in den Himmel, dazu verurteilt, nicht mehr Korb zu werden, sondern Zaun, der dies von jenem scheidet, Zeigefinger hoch, Linksklick, *Roller Coaster Tycoon*, du sollst keinen anderen Gott neben mir haben, Exit Eden, FUN, FUN, FUN – fill the earth and subdue it, schreit der Prediger im Radio, und sie spüren seine Spucke auf den Wangen.

Reja wühlt im Kofferraum. Ach, sagt sie und reißt sich ein Bier auf, heute fahr ich nirgendwo mehr hin. Hinter ihr versinkt riesig die Sonne. Die Wüste hebt und senkt sich, wenn sie lacht.

Als die London Bridge am Horizont auftaucht, zeigt das Thermometer noch immer 43 Grad. Blau glänzt der Colorado River. Hans legt ein Handtuch aufs Lenkrad. Vor ihnen bestellt jemand den Pink Drink. Als sie an der Reihe sind, versucht Hans sich zu konzentrieren. Er lässt Luft in seine Mundhöhle. Er streckt den Nacken. Er atmet ein und lächelt ins Mikrofon: Hi! Der Honda rollt ein Stück. Auf der Terrasse nieselt künstlicher Sprühregen auf unbesetzte Stühle. Zwischen zwei Autos ein Kojote. Sein Fell verschmilzt mit der Umgebung.

Are you guys European? Die Barista strahlt übers ganze Gesicht. Sie hat einen Bachelor in Literaturwissenschaften und erzählt von der guten Zeit, die sie hatte, in London, in ihrem Auslandsjahr. Wie sehr es ihr fehlt, das Chaos, der Regen, morgens, wenn sie die Gebäckauslage auffüllt. Wieso ist sie nicht dort geblieben, denkt Reja, dabei kennt sie die Antwort schon. Die Barista kommt aus dieser Wüste. Hier ist sie ausgebrütet worden. Unter dem Asphalt liegen die Landschaften, die ihr vorausgegangen sind. Versiegelt. Das Königreich Benin und der Atlantik. Da sind die Sümpfe vor New Orleans. Unter der Straße, unter ihrer Hitze. Es riecht nach Urlaub. Nach Müllverbrennung und nach Strand und dieser Wehmut um einen Ort, den es niemals gab. Sie hat sich aus dem Ei gekämpft, hat ihre feuchten Flügel aufgespannt und – stieg empor als Pterodactylus. Entwichen aus dem Vorher. Falsche Zeit und noch falscherer Ort. Und die Barista mag sich nach dem geschäftigen Treiben Londons sehnen, nach dem hellen Stein des Empire, aber für sie bleibt nur die Brücke hier, die – ob die beiden das wüssten – die originale, die tatsächliche London Bridge ist, die dem Autoverkehr nicht standhalten konnte, und deswegen wurde sie abgebaut und hierher verschifft, Stein für Stein, an den Colorado River.

Und jetzt sitz ich hier und verkaufe Kaffee, wie ich ihn auch dort verkauft habe, am Ende der anderen, der neuen Brücke, wo statt einer Krypta ein U-Bahn-Schacht in die Unterwelt führt. Und da, am Ufer, da schließ ich die Augen, und niemand findet mich. Lass sie links liegen, die Pappel, unter der Erinnern fließt, ich trink vom Wasser der Verborgenheit, ich saug mich voll damit, und blühe auf, noch einmal, bis – ichs ausgedünstet hab, das Wasser, bis die Verborgenheit verdampft in dieser Wüstenluft, und ich vertrockne, also: mich erinner. Kennt ihr das, Rose von Jericho, so seh ich mich, nur in Bewegung, Tumbleweed also, ganz so wie ihr – wie schön, dass wir uns treffen, hier, am Eingang in die andere Welt, an diesem dünnen Ort, eine Armlänge liegt zwischen DIR und dort. Da, der Kojote, seine gelben Augen! Er sieht beides, das, was ist, und das, was drüberliegt, dieselbe Brücke, an zwei Orten, die über zwei Gewässer führt, das Ausgesprochene und das Umschriebene, die Wintermilde Arizonas, und darüber: nebliges Dämmern nach dem Großen Krieg. Die Inder kehren heim ins Reich, das ihnen nicht gehört, auch wenn sie dafür kämpften. Begraben an einem anderen Fluss, in einer anderen Gegend, wo andere Hände anderer Leute Haar zu Zöpfen flechten, wisst ihr, sagt sie und hebt ihr eigenes an, das sich so als Perücke entpuppt, die feine, braune Spitze ganz wie Gaze. Als könne sie sich skalpieren oder häuten, bestrafen oder verwandeln. Dieses Haar, sagt sie, trug einmal eine andere Frau. Sie ließ es sich schneiden, in der Hoffnung auf einen größeren Tag.

Hans bedankt sich, wie er sich immer bedankt in Amerika, als sei seine Gesprächspartnerin hinter Panzerglas verborgen, deutlich sichtbar und trotzdem weit weg. Und nur wenn er den Kopf auf eine ganz bestimmte Weise in den Wind hält, hört er sie, auf der anderen Seite, und, wichtiger vielleicht, sie hört ihn, THANK YOU, THANK YOU, THANK YOU.

An der Grenze wirft Reja einen Blick zurück. *Strike another match, go start anew.* Zwischen Geröll die Kompassnadel eines Kirchturms. Sie reißt ein Loch in den Himmel. Rote Felsen, Frontierland. Reja weicht einer Schlange aus. Franziskus schwingt vor und zurück. Gottes großartige Interventionen, der Urknall zum Beispiel oder das, was Ostermontag geschah. Hans hat Phantomschmerzen am Ende der Wirbelsäule. Reja streicht ihm übers Steißbein, das ganz früher mal ein Schwanz war, mit dem er sich von Ast zu Ast gehangelt hat, auf der Jagd nach der süßesten Frucht. Das ist lange her, und es ist schön gewesen. Dinosaur Tracks, verspricht ein Schild, und darüber, ungeheuer oben, ein goldenes M, oder die zum Flug gespreizten Flügel des Pterodactylus, wie er immer weiter gleitet, parallel zur Bahn dieses neuen Himmelskörpers, ein zerfurchtes Gesicht bei Nacht, wochenlang sichtbar, unmittelbar neben dem Mond, DIESER EINE ASTEROID.

Kanab, Utah. In der Mitte des Dorfes steht eine Statue. Das ondulierte, kinnlange Haar, die Schleife auf dem Scheitel, die Puffärmel, der überdimensionierte Kragen – Schneewittchen. Ich war hier schon mal, sagt Hans, ich bin schon einmal hier gewesen. Genau hier.

Als sie die Tür zum Diner öffnen, zwitschert es blechern. Howdy, sagt die Wirtin, und Reja und Hans sagen es auch. Sie setzen sich. Sie öffnen die Speisekarte. *Montezuma's Treasure* scheint ein Sandwich zu sein, belegt mit Huhn, Bohnen, Chilis und Ei. Das träge Surren des Ventilators.

Die wie Sterne in die Decke eingelassenen Lämpchen. Das Jahr 1995. Nebel liegt über dem Canyon. Hans ist sieben, und draußen zieht die Wüste an ihm vorbei. Mit weit aufgerissenen Augen sieht er sie einer Siedlung weichen. Hortensien, Häuser. Irgendwann biegen sie ein letztes Mal ab, und vor dem Wohnmobil erscheint, überlebensgroß, seine liebste Prinzessin. Und Hans schaut auf seine Mutter, in dem gebatikten T-Shirt, mit der runden Brille und dem Sonnenbrand auf der Nase – weil die Geschichte ja immer mit einer Mutter anfängt, mit einer Mutter, die sich sticht, und Flocken, die wie Federn fallen, oder Krumen weichen, weißen Brots.

Jetzt mal im Ernst – die Wirtin, die sich als Martha vorgestellt hat, schüttet ihnen Kaffee nach –, wie krass das ist: *Zum Wahrzeichen bring mir seine Lunge.* Die böse Königin braucht ein Wahrzeichen, wie jeder Mensch, damit er sagen kann, wo er steht, in New York zum Beispiel oder unterm Hollywood Sign. Geisteskrank, sagt Martha, wirklich. Und Hans sieht sich, am Tresen, und sein Vater beißt ab von Montezuma's Treasure, und seine Mutter studiert die Straßenkarte, und seine Schwester – fehlt irgendwie, ist sie kurz auf Klo oder verhält sie sich unauffällig oder ist das gar nicht seine, sondern ihre Erinnerung? Gerade eben hat das Oklahoma City Bombing stattgefunden, gerade eben, am Morgen, als sie noch über den Dunst am Canyon geschaut haben, ist ein Sprengsatz, der aus Tonnen von Dünger bestand, explodiert, und Hans versteht das eigentlich nicht, aber er sieht es, im Fernseher überm Tresen, wo auch

Reja und er jetzt sitzen: die Krater im Gebäude. Geplatzte Windschutzscheiben. Geplättete Autos.

Und der siebenjährige Hans wird gepackt vom Zusammenhang, dessen Strahlen den Erdball mit zärtlicher Gewalt umgreifen. Eine Primatenfaust, ein Kinderspiel. Oklahoma City, Eisenach, Christchurch: Die Ahnung dieser zukünftigen Ereignisse schiebt sich als Wolke vor die Sonne, die trotzdem weiterleuchtet. Diesen ihren Trotz nennt man Krone. Hans stochert in seinen Pommes und schaut aus dem Fenster. Er denkt an Mr. Burns' Brennstäbe. Annagelb und Eleonorengrün – auch wenn er ihre Namen noch nicht kennt, so kennt er SIE doch. Der Anti-Atomkraft-Sticker auf der Heckscheibe seiner Mutter. McVeigh, wie er festgenommen wird, weil er kein Kennzeichen hat. Ein Wohnmobil, das brennt, darin zwei Hülsen und zwei Uwes. Kann eigentlich nicht sein, aber na gut. Das kam alles echt aus einem Buch. McVeigh, wie er schießt, wie er liest. McVeigh im Krieg. *Utopia* ist eine Gebrauchsanweisung. *Die Turner-Tagebücher* auch, und ein Roman. Martha malt Hans' Mutter die ideale Route auf. McVeigh, wie er kämpft. Irak und Oklahoma. Allradantrieb. Verstaubtes Land. Es wurden keine Babys aus Brutkästen geschleudert. Ihre Schädel sind nicht zersprungen, oder doch, aber nicht deswegen. Was stimmt: Es wurden Tausende ermordet mit Senfgas und Sarin. Wohin das Gas auch kroch, roch es nach Apfel. Überreife, ungut süße Fäulnis, und dann – Stille.

*Nein, sprach Sneewittchen, ich darf nichts annehmen.*

*Ei, du fürchtest dich wohl vor Gift; da, den rothen Backen beiß du ab, ich will den weißen essen.*

Dem Zweiten Golfkrieg ging der Erste voraus. Blau und gelb und rosa. Ein Schienenstrang, nur wohin führt er? Bananenkisten in Rotterdam. Seidenraupen in Duisburg. Erdöl im Niger- und im Donaudelta. Silber in Potosí und Srebrenica. Terminals am Flughafen und auf offener See, vor strittigem Land: Gaza, Krim. Seefahrerreiche: Venedig, Karthago. Den Karthagern gingen die Phönizier voraus, die man die Purpurnen nannte, der Schnecke wegen, mit der sie handelten. *Die Farbe, deren Erkenntnis dem kommenden Menschen vorbehalten ist.* Sich fortbewegen, indem man Atem ausstößt. Das halbsessile Tier lässt sich treiben. Auf Schiffen fährt es schon tot. *Lass uns und die Künftigen nicht untergehen.* Die NBA-Saison neigt sich dem Ende zu. Die Denver Nuggets besiegen die Minnesota Timberwolves 106 zu 81. Und Hans sieht sich panisch um nach seiner Schwester, die in diesem Moment vom Klo zurückkommt – oder ist er das, der da gerade unter Türschwingen den Gastraum betritt? Seine Eltern sitzen mit dem Rücken zum Fernseher, und deshalb werden sie noch Jahrzehnte später bestreiten, was an diesem Tag geschah.

Martha zwinkert. Ihr Gesicht legt sich in Falten. Viele verschiedene Frauen schauen daraus. Und sie können es sehen, das Mädchen, das sein Glück im Western versucht hat, das landeinwärts gereist ist, in die Dunkelheit, den

Sonnenaufgang. Sie hält ihnen die Hand hin. Reja denkt an Glenn, High Five, denkt sie und schlägt ein.

Ein letztes Mal halten sie, im Örtchen Hatch, was Schlüpfen heißt oder Brüten, Hatch, Luke oder Öffnung. Aus einer Enge in eine Weite kommen. Spielzeug und Gerät, Scheunen. Um 23 Uhr erlischt die einzige Laterne des Dorfes. Sie legen sich ins Gras. Sie ziehen sich langsam aus. *Bin ich du oder ich?* Ameisen laufen über ihre Knöchel, EIN Gebirge, EINE Landschaft. Wärme unter Pelz. Glanz. Rot. Halme drücken sich in seine Knie. Rinde zwischen ihren Haaren. Hatch, gemeinsam gehen sie durch diese Öffnung.

Ein Schild kündigt es an: das größte Lebewesen der Welt. Entzweigeschnitten von der Straße, auf der sie unterwegs sind. Pando ist jetzt sein eigener Zwilling. Auf Maps ist bloß die eine Hälfte eingezeichnet, die rechte. Widersetzt der Wald sich der Kartierung? Oder zeigt Maps schon das, was noch nicht ist? Vorsorglich die Vergangenheit verändern, wie eine Mormonin, die ihre Ahnen tauft. Weil es ja beiderseits des Weges grünt. Auch da, wo angeblich nichts ist als Wüstenbeige, wo in Wahrheit Maschendraht die Bäume schützt. Ihre Rinde ist schwarzweiß geädert. Motten, die sich tarnen. Ergrauen, wenn es sein muss. Überlebensvorteil, Mutation. Sie stellen den Honda ab. Die blassen, rauen Unterseiten aller Blätter. Lichtsprenkel. Reja versucht, sich zu entfernen. Von weitem sieht man es, das Bild, und nicht die Punkte, dies ergeben. Sie ergibt sich. Als Pando entstand, als der erste, heute längst schon tote Baum emporwuchs, endete die Eiszeit. Holozän, das heißt: das ganz Neue. Deine Brust im Schlaf. Die Kuhle deiner Achsel. Du, der du mit mir lebst. Ich lass dich nicht allein. Du flüsterst: Reja. Guck mal.

Zwischen die verschwörerisch eng stehenden Stämme tritt ein Hirsch. Er äst nicht, nein, er kämpft – mit sich. Laub wirbelt durch die Luft.

Als sie das erste Mal in die Akademie gehen, sind Fred und Hans noch lang nicht die, die sie mal werden wollen. Fred zeigt auf eine Leinwand, das Tier darin, sein abgeworfenes Geweih, sein Staunen. Sie treten näher an die Kordel und lesen den Namen des Malers. Noch kennen sie ihn nicht, doch Dick ist trotzdem ganz in ihrer Nähe, er malt den Marmor aus, vor dem das goldene Gesicht des letzten Kanzlers schwebt.

Zwischen dem Atelier, in dem Dick sitzt, und dem Dorf, aus dem er kommt, liegt, im Grund verborgen – der Transatlantische Flöz. Verbände man einem Bergmann von der Ruhr die Augen und setzte ihn tief unter Pennsylvania aus, er wüsste, was zu tun ist. Taubes Gestein, dann Glimmern. Dieselben Adern fließen. Dasselbe samtige Schwarz. Und er, der Bergmann, holt aus, so gut es geht in der Enge. Er ist jetzt unter allen Tagen. Mit einer kleinen Geste stößt er zu, wie aus dem Handgelenk. Und tritt einen Schritt zurück. Ein Schlag genügt. Der Stein fällt kilometerweit. Ein Teilchen tippt das nächste an, immer weiter, unter dem Meer hindurch, bis – der Flöz sein Hydrahaupt in Duisburg senkt. Niemand bezeugt den Vorfall. Die Erde bebt. Nicht messbar auf der Richterskala, aber trotzdem wahr. Also erzittert auch Dicks Hand. Er wundert sich, hält seinen Ellenbogen fest, und – er malt weiter. Mit einem klitzekleinen Pinsel trägt er sie auf, die Haarrisse im Stein, die Wurzelspitzen. Alle Wurzeln sind Kanäle, aber nicht alle Kanäle sind Wurzeln. Hans und Reja sitzen auf einer Lichtung. Das Licht, das sich in deinen Augen bricht. Die funkelnden Lichter Venedigs, Las Vegas'. Ein neuer Tag bricht an im Keller des Casinos. Und noch einer. Schriftzüge, die sich im gechlorten Wasser spiegeln. Wahrzeichen. Tauben vor der Basilika. Markus schreibt sein Evangelium in einfacher Sprache. Und die einfachste aller Sprachen bist du.

## Zitate aus

Dido, *White Flag* (S. 7). Egon Erwin Kisch, *Entdeckungen in Mexiko* (S. 19, 44, 45). Bob Dylan, *It's All Over Now, Baby Blue* (S. 19, 198). Thukydides, *Der Peloponnesische Krieg* (S. 23). Adolf Loos, *Ornament und Verbrechen* (S. 25). Kanye West, *Closed on Sundays* (S. 25). Walter Alvarez, *T.rex and the Crater of Doom* (S. 26). *Matthäus-Evangelium* (S. 28). John Steinbeck, *Cannery Row* (S. 32). John Donne, *Holy Sonnets* (S. 32). Carambolage, *Was ich brauche ist die Liebe* (S. 49). Hans Magnus Enzensberger, *Theorie des Verrats* (S. 50). Plutarch, *Alexander 6* (S. 57). Wolfgang Petry, *Ruhrgebiet* (S. 64). *Genesis* (S. 75). *Art Inconsequence* (S. 79). McKenzie Wark, *Escape from the Dual Empire* (S. 83). Gebrüder Grimm, *Sneewittchen* (S. 92). Wim Wenders, *Alice in den Städten* (S. 97). Fish and Wildlife Service, *Removing the Kanab Ambersnail From the List of Endangered and Threatened Wildlife* (S. 106). Fergie, *London Bridge* (S. 113). Herbert Grönemeyer, *Mensch* (S. 120f.). Dolly Parton, *9 to 5* (S. 125). *Philipperbrief* (S. 126). Albrecht Dürer, *Tagebuch der Reise in die Niederlande* (S. 126). Alexander von Humboldt, *Von Mexiko-Stadt nach Veracruz: Tagebuch* (S. 127). Monique Wittig, *Die Verschwörung der Balkis* (S. 128). Miguel de Cervantes, *Don Quijote von der Mancha* (S. 139). George Michael, *Careless Whisper* (S. 140). Martin Luther, *Wider die Mordischen und Reubischen Rotten der Bawren* (S. 142). Michael Holzach, *Deutschland umsonst* (S. 145, 146). Jürgen Elsässer, *Weshalb die Linke antideutsch sein muss* (S. 152, 153). Azet feat. Dardan, *Eurosport* (S. 154). Jean Baudrillard, *Pas de pitié pour Sarajevo* (S. 156). Ludwig Pfandl, *Karl II.* (S. 160). Thomas Morus, *Utopia* (S. 161f., 162f.). Paul Bowles, *The Sheltering Sky* (S. 185). Nirvana, *Lithium* (S. 186).

*r/bipolar* (S. 186). Stephenie Meyer, *Biss zum Morgengrauen* (S. 189). MF Doom, *That's That* (S. 193). Usw.